David Albahari
Das Tierreich

Roman

Aus dem Serbischen von Mirjana
und Klaus Wittmann

Schöffling & Co.

Deutsche Erstausgabe

Erste Auflage 2017
© der deutschen Ausgabe:
Schöffling & Co. Verlagsbuchhandlung GmbH,
Frankfurt am Main 2017
Originaltitel: *Životinjsko carstvo*
Originalverlag: Čarobna knjiga, Belgrad
Copyright © 2014 by David Albahari
Alle Rechte vorbehalten
Satz: Reinhard Amann, Memmingen
Druck & Bindung: Pustet, Regensburg
ISBN 978-3-89561-428-6

www.schoeffling.de
www.davidalbahari.com

INHALT

EINLEITUNG

Das dem Leser hier vorliegende Manuskript wurde Ende Juni 2005 am Belgrader Flughafen in einem Abfalleimer gefunden. Es steckte in einem blauen Ordner, der mit Figuren aus Walt Disneys Zeichentrickfilmen beklebt war. Der Mensch, der ihn aus dem Abfalleimer herausgefischt hatte, nahm ihn mit nach Hause im Glauben, es handele sich um Erzählungen für Kinder, aber sobald er merkte, dass im Text von Soldaten und Kasernen die Rede war, übergab er ihn dem Flughafensicherheitsdienst. Der Beamte, der das Manuskript in Empfang nahm, war ein Amateurdichter, Mitglied der literarischen Gesellschaft »Oskar Davičo«. Der Text machte ihn neugierig, er begann darin zu lesen und legte ihn bis zum Ende nicht aus der Hand. Dann gab er ihn dem Präsidenten der literarischen Gesellschaft und dieser seinem Trauzeugen, einem angesehenen Literaturkritiker, der seinerseits empfahl, diesen »packenden Roman« zu veröffentlichen. Die Empfehlung gelangte zu dem Inhaber des kleinen Verlags »Prostor«, der beschloss, das Manuskript herauszugeben. Der Verleger arbeitete lange daran und es gelang ihm, die meisten Unklarheiten zu beseitigen, wobei er besonderes Augenmerk auf die Endnoten richtete: Er

brachte sie in die richtige Reihenfolge, strich einige un-
logische Gedanken und überflüssige Wiederholungen,
fand aber nicht heraus, wie viele Personen an der Abfas-
sung des Manuskripts beteiligt waren. Schließlich muss
hier angemerkt werden, dass er eigenmächtig entschied,
auf den Hinweis zu verzichten, dass es sich um »das
Werk eines unbekannten Autors« handele, zumal solche in der Literaturgeschichte in großer Anzahl anzutreffen seien. Stattdessen zog er es vor, sich irgend-
einen Namen auszudenken, den die Leser mit dem Titel
des Buchs in Verbindung bringen würden. Falls später
der eigentliche Verfasser des Romans auftauchen sollte,
würde man seinem Namen sofort den ihm gebühren-
den Platz auf dem Cover einräumen.

PROLOG

Seit gestern ist die Welt ein etwas besserer Ort.[1] In ihr gibt es nämlich Dimitrije Donkić nicht mehr. Ich habe ihn getötet. Ich weiß nicht, wen das mehr überrascht hat, ihn oder mich, nehme aber an, dass es nicht zu vermeiden war: Ich war überrascht, dass er vergessen hatte, er war überrascht, dass ich mich erinnerte. Sich vierzig Jahre an etwas zu erinnern, noch dazu mit vielen Einzelheiten, ist in der Tat eine große Leistung, obwohl es Momente gab, in denen ich bereit war, sofort zum gegnerischen, zum Lager der Vergesslichen, überzulaufen. Es ist so schön zu vergessen, gebe ich offen zu, so leicht im Vergleich zu all dem, was man lernen muss, um fähig zu sein, sich zu erinnern. Man braucht sich nur der Zeit hinzugeben, und sofort beginnt das Vergessen am Gewebe jeder Erinnerung zu nagen. Das Gedächtnis hingegen fürchtet die Zeit, tut alles, um ihr zu entwischen, was eigentlich lächerlich ist, weil niemand ihr entkommen kann. Eine Ausnahme sind Menschen wie ich, Menschen, die sich in der Zeit und im Gedächtnis überhaupt nicht zurechtfinden und planlos dahinleben, jedoch nicht so, wie sie möchten, sondern wie andere es ihnen vorschreiben, selbst wenn sie, diese anderen, der Meinung sind, dass sie niemandem etwas

vorschreiben. Kurzum, wäre ich damit beauftragt gewesen, Dimitrije Donkić zu finden, wäre es wahrscheinlich nie dazu gekommen. Und wer weiß, wie oft ich auf
den Straßen Torontos an ihm vorbeigegangen bin.[2]
Eigentlich hat Mara ihn wiedererkannt, obwohl sie gar
nicht wusste, dass das ein Akt des Wiedererkennens
war. Ohne Mara gäbe es diese Geschichte nicht, oder
es gäbe sie in einer anderen Form, und jeder von uns
würde darin vielleicht eine andere Rolle spielen. Mara
gehört zu den Personen, die scheinbar nichts um sich
herum wahrnehmen, dabei aber fast alles sehen. Oft ist
mir diese Eigenschaft an ihr aufgefallen und ich habe
jedes Mal darüber gestaunt, was sie nur zum Lachen
brachte. An dem Abend spazierten wir am Seeufer ent-
lang. Es war warm, die Luft war feucht und schwer,
junge Männer und Frauen stießen von Zeit zu Zeit hys-
terische Schreie aus, als wollten sie dadurch die uner-
trägliche Schwüle vertreiben. Plötzlich packte Mara
mich am Ellenbogen und sagte: »Guck, der Mann dort
im Regenmantel, er hat schwarze Ringe um die Augen
wie ein Waschbär.« Das ist ein weiteres Beispiel aus dem
Arsenal der Unterschiede zwischen uns beiden, denn
wäre mir der Mann aufgefallen, dann wegen seines Re-
genmantels, der an diesem schwülen Abend unpassend
war, und nicht wegen der Ringe um die Augen, die Mara
an einen Waschbären denken ließen. Ja, Waschbär, das
war das Stichwort. Damals, als wir Dimitrije Donkić
Waschbär nannten, hatte keiner von uns dieses Tier je in
der Natur gesehen. Im Zoo unserer Hauptstadt gab es

Wölfe, Löwen, Tiger, Giraffen und Elefanten, verschiedene Mäuse und Fasane, aber an einen Käfig mit Waschbären kann ich mich nicht erinnern.[3] Waschbären sah ich zum ersten Mal, als wir nach Toronto kamen, aber auch da dachte ich nicht an Dimitrije Donkić, ich dachte an nichts, weil ich den verzweifelten Wunsch hatte, alles hinter mir zu lassen, so schnell wie möglich ein neues Leben zu beginnen, wieder träumen zu lernen. Vielleicht bin ich, wie gesagt, an ihm vorbeigegangen – die Neuankömmlinge besuchen doch immer dieselben Orte –, ohne zu merken, dass er es war. Damals, jetzt, egal wann, das macht keinen Unterschied, weil es mir offenbar beschieden war, ihn zu töten, was heißt, dass das Ergebnis immer dasselbe gewesen wäre. Nach dem Tod, sagte ich zu Mara, gleiche sich ohnehin alles. »Nein«, antwortete Mara, »erst nach dem Tod treten die Unterschiede zum Vorschein.« Gut, pflichtete ich ihr bei, zuckte mit der Schulter und wollte weitergehen, weil ich wusste, dass es keinen Sinn hat, mit Mara zu streiten. Selbst wenn sie am Ende ihre Niederlage zugibt, tut sie es nur, damit sie sie als einen getarnten Sieg deklarieren kann. Tarnung ist ein gutes Wort, es erinnert mich an die Zeit, als ich Dimitrije Donkić kennenlernte. Mara kannte ich damals noch nicht, obwohl wir in derselben Stadt lebten und sie in einem Park spielte, den ich oft besuchte, aber damals war sie drei Jahre alt, und Puppen und anderes Spielzeug interessierten sie mehr als der grimmige, einsame Soldat, der entgegen allen Vorschriften auf einer Parkbank lag und döste. Siebzehn Jahre später, als ich sie an der Philologischen Fakultät in Belgrad kennenlernte, waren wir beide bemüht, diesen Park (und natürlich viele andere Orte) zu vergessen, aber als jemand in einem Korridor plötzlich laut Banja Luka erwähnte, schauten wir uns an, und seitdem hörten wir, wenn ich so sagen darf, nicht mehr auf, einander anzusehen. Und ich will es gleich sagen: Mara ist mein Gewissen. Mara ist mein guter Wille. Mara erledigt immer alles, was ich verspreche, aber nie einhalte. Ohne sie, das ist jetzt ganz klar, gäbe es auch mich nicht, oder ich würde als eine schwer fassbare Gestalt unter werweißwelchem Namen existieren. Sogar diese Geschichte, die Story von Dimitrije Donkić, ist zum Teil die Geschichte von Mara, egal, auf welche Weise ich sie erzähle. Allein der Versuch sei zum Scheitern verurteilt, warnte ich Mara, weil es Dinge, weil es Menschen und Ereignisse gebe, die größer seien als Worte; sie sprengten den Umfang der Sätze und überschritten die Grenzen der Erzählung. Dimitrije Donkić, sagte ich zu Mara, sei einer von ihnen gewesen.

DIE GESCHICHTE

Ich lernte ihn in Banja Luka kennen, in der Kaserne, in der wir unseren Militärdienst leisten sollten. Wir stellten uns immer als Belgrader vor, obwohl er in Neubelgrad und ich in Zemun lebte. Er kam auf mich zu, während ich in der Schlange stand, um mich registrieren und mir die Uniform verpassen zu lassen, neigte sich zu mir (er war größer und stattlicher als ich) und flüsterte mir ins Ohr: »Ich habe erfahren, dass du aus Belgrad bist, Gott sei Dank, denn diese anderen Stimmen und Akzente kann ich nicht ausstehen. Die sollte man alle kaltmachen, was sagst du dazu?« Ich sagte nichts, und er entfernte sich schnell. Jetzt bereue ich, dass ich nicht konsequent war und ihm nicht immer mit Schweigen antwortete, aber damals war ich noch eingeschüchtert von den Geschichten, die ich vor dem Militärdienst gehört hatte, denen zufolge der militärische Abschirmdienst genau wusste, wer einige Jahre zuvor bei den Studentenprotesten in Belgrad dabei gewesen war.[4] Ich hatte eine unbedeutende Rolle gespielt – ich war Mitglied eines der vielen Ausschüsse und Komitees mit klingenden Namen, vielleicht hatte ich nur drei Mal irgendwelche Papiere in Räume gebracht, in denen andere, wohl wichtigere Ausschüsse tagten. Nie aber musste ich etwas zurückbringen, was wohl bedeuten mochte, dass ich Mitglied einer Arbeitsgruppe war, die lediglich Material für einen Ausschuss vorbereitete. Die Betonung meines belanglosen Engagements minderte jedoch nicht meine Befürchtungen. In Belgrad kursierten Gerüchte, wonach sogar Personen Schwierigkeiten bekamen, von denen alle wussten, dass sie nur stumme Beobachter gewesen waren. Einige schafften es beispielsweise nie, zu den vorgeschriebenen Terminen Prüfungen abzulegen, anderen kamen auf mysteriöse Weise ihre Reisepässe abhanden, den Dritten verweigerte man die Aufenthaltserlaubnis in der Hauptstadt, die Vierten wurden überraschend zum Militärdienst eingezogen. Soweit mir bekannt, ist keinem etwas Schlimmes zugestoßen, aber das Militär war eine derart finstere Welt, dass meine Sorge doch ernst zu nehmen war. Das war vermutlich ein weiterer Grund für mein Misstrauen gegenüber Dimitrije Donkić, obwohl es keinen Anlass zu Argwohn gab und sich alles auf die übliche Weise abspielte. In den folgenden zwei, drei Tagen trafen weitere Rekruten ein, und das anfängliche Chaos kam allmählich in geordnete Bahnen. Wir lernten, wo unsere Betten waren, wo sich die Schlafräume befanden und wo unsere Zehen zu sein hatten, wenn wir morgens vor unserem Gebäude in Reih und Glied antraten. Wir wurden zu Angehörigen von Zügen, die eine Kompanie bildeten, bekamen unsere Zugführer und Kompaniechefs, Leutnants und Oberleutnants. Wir bekamen Holzkisten, in denen wir unsere Sachen unterbrachten, und einige Tage später händigte man uns Waffen aus, manche bekamen ein Gewehr, andere eine Maschinenpistole, andere wiederum ein Maschinengewehr.[5] Davor gab es das erste gemeinsame Duschen, begleitet von einer Menge vulgärer Sprüche und vom Piesacken solcher, die auf die eine oder die andere Weise aus der Reihe fielen, was dazu beitrug, dass sich sehr schnell verschiedene Cliquen bildeten, die sich redlich bemühten, uns zu zeigen, dass das Leben in der Kaserne für diejenigen, die außerhalb der Gruppen blieben, unerträglich war. Es gab jedoch auch solche, die es schafften, unabhängig zu bleiben und den Status des Einzelgängers zu bewahren. Auch mir gelang das eine Weile. Dann kapitulierte ich. Während der ersten Tage und Wochen nämlich hörte Dimitrije Donkić nie auf, um mich herum zu springen, Fragen zu stellen, sich zu erkundigen. Immerzu bat er um etwas, und wenn er es bekam, dachte er nicht daran, es zum abgemachten Zeitpunkt zurückzugeben, um mich später mit einem ungewöhnlichen Angebot oder einem kleinen Geschenk zu überraschen, etwa mit einer in Zeitungspapier eingeschlagenen Schachtel Neapolitaner. Beim Militär, wo der junge Soldat ständig das Gefühl hat, alle hätten ihn vergessen und er existiere nicht mehr als ein menschliches Wesen, bedeuten solche kleine Gesten viel mehr als in der Welt der Zivilisten. In der Militärwelt wirken sie aufrichtig, durch und durch rein, und wecken einige Hoffnung auf menschliche Güte. Ich will damit nicht sagen, dass der Aufenthalt in der Kaserne von Grausamkeit und Man-

gel an Menschlichkeit geprägt war, denn bei den Soldaten – so merkwürdig es auch klingt – überwogen solche,
die glücklich waren, eine Uniform zu tragen. Und obwohl man bei einigen Soldaten – wie zum Beispiel bei
mir – sah, dass die Verzweiflung für sie die schwerste
Bürde war, konnte man von den Gesichtern vieler anderer einen Ausdruck von Freude ablesen. Allein das Gesicht von Dimitrije Donkić blieb unverändert, genauer
gesagt, sein Gesicht konnte beides ausdrücken, je nachdem, mit wem er sprach.[6] Mir zeigte er seine Verzwei-
lung, anderen seine Zufriedenheit, aber nichts deutete
darauf hin, was von beiden echt war. Wie auch immer,
ich gab ihm immer wieder nach und geriet allmählich
unter seinen Einfluss. Hätte ich damals gewusst, wohin
das führte, wäre alles anders geworden. In dem Fall
könnte es zwar sein, dass auch ich nicht mehr am Leben
wäre, was bedeutet, dass niemand erzählen könnte, was
Dimitrije dem Waschbär, Miša dem Spatz, Redžep der
Schlange und Goran der Zecke zugestoßen ist. Ja, mit
anderen Worten, sie sind alle tot, alle außer mir, dem
Tiger. Ich hatte ihnen nämlich das Tiger-Gedicht von
William Blake vorgetragen. Zuerst auf Englisch (Tyger
Tyger, burning bright, in the forests of the night; what
immortal hand or eye could frame thy fearful symme-
try?), dann in meiner wörtlichen Übersetzung, denn
eine andere kannte ich nicht.[7] Das Gedicht gefiel ihnen,
sie drängten mich, es noch zweimal zu wiederholen,
und belohnten mich anschließend mit Beifall. All das
geschah vor der Militärkantine unter den vorherseh-

baren Zurufen anderer Soldaten (»Soll dich der Tiger ficken«, »Deine Mutti ist eine Tigerin, Junge!« und Ähnliches). Dimitrije Donkić meinte dann, dass es, nachdem schon drei von ihnen, wie er sagte, tierische Spitznamen hätten, gerecht wäre, auch mir einen zu verpassen, und dass sie mich deshalb in Zukunft Tiger nennen würden. Bald bezeichnete jemand unsere Gruppe als »Tierreich«, und so bekam auch Miša, als er sich später zu uns gesellte, einen entsprechenden Spitznamen, er wurde nämlich Miša der Spatz. Bevor er zu Anfang des »Tierreichs« zu uns stieß, bildeten Dimitrije Donkić und ich ein Paar, da wir beide aus Belgrad waren, das andere Paar waren Redžep die Schlange und Goran die Zecke, die beide aus Priština kamen. Später verstand ich mich einige Zeit gut mit Redžep, während Goran und Dimitrije unzertrennlich wurden. Als Miša kam, änderte sich alles, weil mit der Aufnahme des fünften Mitglieds die Gruppe ihre einfache Symmetrie einbüßte. Wir betraten die Welt der asymmetrischen Zusammenschlüsse, zu der Geheimabsprachen, Einflussnahmen, Lügen und willkürliche Meinungsänderungen gehörten. Miša hatte anfangs nur mit mir Kontakt, was Redžep, Dimitrije und Goran veranlasste, die, wie Miša und ich sie nannten, »erste Stoßtroika des Tierreichs« zu bilden. Ich nenne ihn Miša, weil er sich so vorstellte, sein richtiger Name lautete Miodrag, doch früher hatten ihn alle Majk genannt. Majk und Miša, das klingt nicht gerade ähnlich, was für die Suche nach jemandem, der Miodrag hieß, bestimmt hinderlich war. Nachdem sich Miša später mit Dimitrije Donkić anfreundete, oder besser gesagt, nachdem er sich genötigt sah, wenigstens ein bisschen auf ihn zuzugehen, schloss sich Redžep wieder Goran an, und ich blieb allein. Aber das tat mir nicht leid. Beim Militär ist die Einsamkeit das höchste Gut, was bedeutet, dass die Mehrheit sie nicht respektiert. In dem Augenblick, da jemand versucht, sich abzusondern, kommen, als hätten sie nur auf diese Gelegenheit gelauert, zwei oder drei Soldaten auf ihn zu und beginnen ihn auf verschiedenste Weisen daran zu hindern. Das mag einem Außenstehenden wie ein Spiel vorkommen: Einer sondert sich von der Gruppe ab und will sich mit schnellen oder langsamen Schritten oder aber watschelnd wie eine Ente entfernen, doch egal, wie er sich bewegt, er kehrt immer zurück zu der Gruppe, die er verlassen wollte. Vermutlich hatte jemand an der Spitze des Militärs Angst, der Wunsch nach Einsamkeit könnte der Anfang eines Wegs ohne Ende, eines Wegs in den Selbstmord sein, der das Heer besudeln und die Zahl derer vergrößern würde, die sich vor dem Militärdienst zu drücken versuchen.[8] Indessen spürte ich die ganze Zeit, ob allein oder nicht, wie Dimitrije mir im Nacken saß und auf einen günstigen Augenblick wartete, mir nahe zu kommen. Er kam langsam, ohne Eile auf mich zu, wobei er mich geschickt für sich einnahm und mir nicht gestattete, die Dinge so zu sehen, wie sie waren. Nach der Begrüßung neuer Rekruten, als er listig darauf bestand, dass wir als Großstadtkinder etwas Besseres seien als die anderen, als die, wie Dimitrije sie nannte, »armen Teufel«, denen das Schicksal beschieden hatte, in kleinen Städten und in Provinznestern des Landes geboren zu werden, erkannte ich mit Erstaunen, dass er mit diesen Worten etwas in mir berührte, das mir missfiel, aber mich leicht dazu verleiten konnte, ihm wie ein Hund zu folgen.[9] Er hatte sich für mich jedoch etwas anderes ausgedacht. »Hunderollen« bekamen Redžep die Schlange und Goran die Zecke, während mir die Rolle des Köders zugedacht war für den, dessentwegen all das geschah. Hinter das Ganze kam ich erst viel später. In jenen Tagen ging ich voller Glücksgefühl zu einem Gebäude, in dem die Soldaten mehrerer Kompanien untergebracht waren, und wartete, dass Dimitrije Donkić erschien. Er kam immer mit einer Menge Informationen über die Kaserne, die Außenwelt, einzelne Soldaten und Offiziere und, was besonders wichtig war, mit einem Kännchen Kaffee. Er wusste immer, wo es einen einigermaßen abgelegenen Raum gab, in dem wir Kaffee trinken und uns unterhalten konnten. Dabei stellte sich heraus, dass er ähnliche Musik hörte wie ich und dass seine Lieblingsschriftsteller just die waren, die ich immer mochte, Saroyan und Wolfe und vor allem Faulkner. Später, als ich zusammen mit Mara versuchte, den ganzen Lauf der Geschichte nachzuverfolgen, fiel es uns schwer, zu verstehen, wieso ich ihm so blind hatte vertrauen können. Na gut, sagte ich mir, seine Forderungen waren, zumindest am Anfang, nicht hoch, und es stimmt auch, dass ich mich an ihn wie an ein Anhängsel gewöhnt hatte, das zwar für das Funktionieren des Organismus nicht unentbehrlich ist, mit dem man sich aber besser fühlt als ohne. Jetzt kann ich dafür nur jenes Gefühl einer schrecklichen Leere und Sinnlosigkeit verantwortlich machen, das einen befällt, wenn man in eine unliebsame Situation gerät, weil dann jede Geste guten Willens mehr bedeutet als im gewöhnlichen, täglichen Leben. Wie auch immer, ich zitterte in der Erwartung, Dimitrije Donkić zu sehen, statt mich zu fragen, woher er alles wusste, woher er die vertraulichen Informationen über verschiedene Leute und Ereignisse bekam. Damals war mir das nicht wichtig, weil mir Dimitrije Donkić gab, wonach ich mich sehnte: Er benahm sich mir gegenüber wie zu einem klar definierten Individuum und nicht wie zu einer Person ohne Identität, einer von vielen, die dem Militär passten und zu der uns das Militär machen wollte. An Samstagen, wenn wir gruppenweise in die Stadt gingen, stellten wir fest, dass wir eigentlich unsichtbar waren, denn die Leute gingen an uns vorbei, als gäbe es uns nicht. Das konnte man sehr gut an den Blicken der Mädchen beobachten. Sie gingen durch uns hindurch wie Röntgenstrahlen, und wenn wir uns erkühnten, die Mädchen anzusprechen, blickten sie erstaunt hoch über unsere Köpfe, als hätten sie soeben seltsame Stimmen aus einem im unendlichen Universum verlorenen Ort vernommen. Dabei spielte es überhaupt keine Rolle, ob der Soldat gut aussah, groß oder klein war, aus Fett oder aus Muskeln bestand. Das Ergebnis war immer dasselbe. Das war wohl jener

»universelle Soldat«, den früher einmal der rebellische Donovan besang. »Aus euch werden nie anständige Soldaten«, sagte uns der Oberleutnant mit rauer Stimme, worauf mein Herz lospochte, als hätte er gesagt, ich könne nach Hause gehen. »Im Krieg«, sagte er weiter, »beträgt eure Lebenserwartung als Angehörige der motorisierten Infanterie etwa sieben Minuten, und unsere Aufgabe ist es, euch so auszubilden, dass ihr in jeder dieser sieben Minuten besser seid als irgendein Feind.« Er beendete seine Begrüßungsrede und befahl, zum Frühstück zu gehen. Wir folgten ihm mit gesenkten Köpfen, als führe man uns zum Schafott und nicht in die Kantine. »Der Oberleutnant redet Stuss«, lautete der Kommentar von Dimitrije Donkić beim Frühstück. »Von wegen sieben Minuten!« Ihm, Dimitrije, sagte er, seien andere Zahlen bekannt, nämlich solche, nach denen unsere durchschnittliche Lebenserwartung zwei Stunden und zwanzig Minuten betrage! Die Soldaten am Tisch begannen fröhlich zu grölen und einander in die Seite zu stoßen, als hätte der Krieg schon begonnen und sie hätten den ersten, wichtigen Sieg davongetragen. Dimitrije warf mir grinsend über den Tisch zu: »Für uns gilt das nicht, wir werden ewig leben.« Ich lachte und winkte ab. Mit der anderen Hand bemühte ich mich, die Haut vom Milchkaffee zu entfernen, aber sie zog sich lang und riss, und auf der aufgewühlten Oberfläche schaukelten nun weißliche Stückchen. Die Haut auf der Milch mochte ich noch nie. Jetzt starrte ich die Tasse auf dem Tisch an und wiederholte stumm:

Das nächste Mal nimmst du Tee, das nächste Mal nimmst du Tee! Trotzdem war ich ganz gelassen. Offensichtlich hatten Dimitrijes Worte auf mich beruhigend gewirkt, obwohl ich überzeugt war, dass er sich das ausgedacht hatte und dass die Angabe des Oberleutnants richtig war. Aber das ist gerade das Gute am Trost: dieses Angebot von Hoffnung, dieses Erwecken neuen Glaubens. Darin war Dimitrije ein wahrer Künstler, und wir scharten uns um ihn wie aufgeplusterte hungrige Küken, wann immer er einen von uns ansprach. Einmal wurden die Spannungen zwischen Redžep, Goran und mir so groß, dass er uns zusammenrief und androhte, sollten wir uns nicht ändern, würde er das »Tierreich« auflösen. Wir hörten auf ihn und änderten uns. Beim Militär lernt man, nichts aufzuschieben: Je schneller man reagiert, umso mehr Freiheit gewinnt man. Dimitrije Donkić machte auch keinen Hehl daraus, dass es wichtig war, freundschaftliche Kontakte zu den Kosovoalbanern zu pflegen, weil sie sehr gut organisiert waren und die Kontrolle über die Küche und das Verpflegungslager hatten. Gute Beziehungen zu Redžep garantierten uns den freien Durchgang durch ihr Territorium, die Unterstützung im Falle einer Auseinandersetzung und, was wohl am wichtigsten war, die besten Portionen oder Fleischstücke beim Mittag- und Abendessen. Völlig unbekannte Soldaten, Albaner, grüßten mich auf dem ganzen Kasernengelände, boten mir Zigaretten an oder baten mich um Hilfe, wenn sie auf dem Postamt Formulare für Einschreibesendungen und Pakete ausfüllen mussten. Sie hatten immer einen guten Draht zur Wache, und wenn man dringend in die Stadt musste, schaute der wachhabende Soldat weg, während man über den Zaun sprang oder sich zwischen den losen Zaunbrettern hindurchquetschte. Langsam lernte ich unser Kasernengelände kennen. Zunächst musste ich meine Abneigung überwinden gegenüber allem, was mit der Armee zusammenhing, dann aber öffneten sich verschiedene Wege und es offenbarten sich viele beinahe »geheime« Orte. Einer davon war die Bücherei. Ich traute meinen Augen nicht. Bis zu dem Augenblick war ich überzeugt, die einzige Militärbücherei befände sich im Haus der Jugoslawischen Volksarmee im Zentrum von Banja Luka, die jedoch zu den Zeiten, wenn wir Ausgang hatten, geschlossen war. Ich beklagte mich deswegen bei unserem Oberleutnant und beantragte einen Stadtbesuch außer der Reihe, um mir Bücher zum Lesen auszuleihen. Da erfuhr ich von ihm (während er lauthals über mein Anliegen lachte: »Ihr verdammten Studierten meint wirklich, der Militärdienst sei ein Spiel, so etwas wie Urlaub«), dass sich in der kleinen Baracke gegenüber dem Gebäude, in dem unsere Kompanie untergebracht war, die Garnisonsbücherei befinde. Die hatte ich bis dahin nicht entdeckt, weil ich überzeugt war, dass es in diesem Teil des Kasernengeländes nur Büros und Lagerräume gebe, und die waren selbst für einen Soldaten vollkommen uninteressant. Meine erste freie Minute benutzte ich dazu, die Behauptung des Oberleutnants zu überprüfen. Ich robbte mich an diese Baracke heran, als wartete darin eine Horde Bluthunde auf mich, richtete mich langsam auf und warf einen Blick durch das Fenster. Ich sah viele Regale mit Büchern, einen Zeitungsstapel auf einem Tisch und den Qualm einer Zigarette von jemandem, der nicht zu sehen war. Beim Anblick der Bücher lief mir das Wasser im Mund zusammen. Ich stand auf, wischte die Erde von Händen und Knien, klopfte an und trat, ohne eine Antwort abzuwarten, ein. Der Soldat, der in der Bücherei arbeitete, war nicht besonders glücklich, mich zu sehen, und noch weniger, als er hörte, dass ich der Anwärter auf seinen Posten sei, aber ich sagte zu seiner Beruhigung, der Oberleutnant habe verfügt, dass ich bis zu seiner Entlassung nur aushelfen würde. Nebenbei gesagt, die Bücherei war eine wahre Schatzkammer. In ihr gab es zwar keine Neuerscheinungen und Übersetzungen, aber dafür viele alte Buchausgaben, an die man in Büchereien und Buchhandlungen schwer herankam. Der Zeitungsstapel auf dem Tisch zog mich ebenfalls an, zumal die Soldaten selten Zeitungen kauften, und wenn ja, sie eifersüchtig hüteten oder aus ihnen sofort die Artikel ausschnitten, die für sie wichtig waren. Ich hasse es, Zeitungen mit Lücken zu lesen; hier auf dem Tisch der Bücherei hingegen lag ein Berg fast unberührter Zeitungen, die täglich aus verschiedenen Teilen unseres Landes eintrafen.[10] Ein Tisch im Leseraum wurde sofort zu »meinem Tisch«, auf dem immer die von mir im Augenblick benötigten Bücher liegen würden. Bei meinen häufigen Besuchen der Bücherei bin ich wahrscheinlich des Öfteren an Miša dem Spatz beziehungsweise an Miodrag vorbeigegangen, der, wie er mir später sagte, ebenfalls mehrmals in der Woche die Bücherei besuchte. Beim Militär lernt man schnell, niemandem, vor allem nicht den anderen Soldaten (außer natürlich sich selbst), besondere Aufmerksamkeit zu schenken, was erklärt, wieso ich ihn nicht früher wiedererkannt hatte, vor jenem Herbsttag, zwei oder drei Wochen nachdem ich die Bücherei entdeckt hatte, als die Eingangstür aufging und nach einer kurzen Pause ein unbekannter, schmächtiger Soldat erschien. Das war Miodrag, aber damals erkannte ich ihn nicht. Er stand in der Türöffnung, offensichtlich unsicher, bis der Büchereisoldat meinte, er solle sich endlich entscheiden, ob er herein oder hinaus wolle, zuerst aber die Tür zumachen, denn draußen stürme es. Er sagte das mit so viel Verzweiflung in der Stimme, als tobe draußen ein Orkan und wehe nicht nur ein schwacher Herbstwind, dem es nur mit Mühe gelang, einige gefallene Blätter aufzuwirbeln. Der Soldat trat zunächst unentschlossen ein, dann ging er noch unentschlossener zurück und machte die Tür zu. Daraufhin steuerte er auf das Bücherregal zu, änderte aber plötzlich die Richtung, trat an den Zeitungsstapel heran und setzte sich an den Tisch, an dem ich saß und die *Politika* las. Er begann, wenn ich mich nicht irre, im *Oslobođenje* zu blättern. Es herrschte vollkommene Stille, in der wir wie eine erstarrte Szene auf einem angehaltenen Filmband wirkten. Hätten wir ein wenig länger so unbeweglich verharrt, wären wir wie das besagte Filmband verbrannt. Zu unserem Glück gähnte in diesem Augenblick der Büchereisoldat, ich blätterte eine Seite um, der neu angekommene Soldat tat es auch. Aber etwas später wendete er als Erster die Seite seiner Zeitung, und ich tat es ihm nach. Da neigte er sich zu mir herüber und fragte mich flüsternd, ob ich mich wirklich nicht an ihn erinnere. Vermutlich ist jedem schon etwas Ähnliches passiert: Man könnte schwören, eine Person nicht zu kennen, und nur einen Augenblick später fällt einem ein, dass man sich von einem gemeinsamen Abenteuer kennt, das man aus wer weiß welchem Grund tief in seinem Inneren vergraben hat. Ich starrte den jungen Mann an, der mir gegenüber saß und dessen Lächeln im Gesicht langsam erlosch, während er meine erfolglosen Versuche verfolgte, zum Kern meiner Erinnerungen vorzudringen. Als ich am Ende abwinkte, murmelte er, er hoffe, man habe mir keine Gehirnwäsche verpasst. »Gehirnwäsche«, brüllte ich, »wie kommst du denn darauf? Und soll das heißen«, fuhr ich fort, »dass ich dir jetzt wie ein Schaf oder wie ein Kalb vorkomme?« Er sah mich an und sagte: »Axolotl.« Ich verstummte. Seit mehr als zwei Jahren hatte ich dieses Wort nicht gehört, wohingegen es damals, vor zwei Jahren, Zeiten gab, in denen ich es mehrmals am Tag hörte. Plötzlich tauchte an der Oberfläche meines Gedächtnisses das damalige Gesicht des jungen Mannes auf, der mir gegenüber saß. Es war voller, das Haar länger und etwas dunkler, aber die Augen waren unverändert. Im selben Augenblick fiel mir auch sein Name ein. »Majk«, sagte ich, »ist das denn möglich?« »Ja«, antwortete er, »ich bin es, nur heiße ich jetzt nicht mehr Majk, sondern Miša.« Er reichte mir die Hand über den Tisch, und unsere Fingerspitzen berührten sich. Der Büchereisoldat räusperte sich, ich zog sofort meine Hand zurück und stand auf. »Wir sehen uns morgen«, sagte ich beim Hinausgehen mehr zu mir als zu Miša und dem Büchereisoldaten. Ich vertrat mir mit ein paar Schritten die Beine, die zu zittern angefangen hatten. Dann blieb ich stehen und drehte mich um. Wie erwartet: Majk, d. h. Miša, folgte mir nicht. Ich ging weiter. Während ich mich in Richtung Schlafraum bewegte, wiederholte mein Körper mit jeder Faser: »Axolotl, Axolotl.« Hätte mich am Tag zuvor jemand gefragt, was Axolotl ist, hätte ich ihm mit großer Sicherheit gesagt, dass ich es nicht wisse, jetzt aber wimmelte es in mir von einschlägigen Einzelheiten. Mir schien, als befände ich mich in einem großen Biologiekabinett zwischen ordentlich aufgehängten Bildern und Zeichnungen, die mir ihre Titel ins Gesicht schleuderten. Axolotl, teilte eine der großformatigen Zeichnungen mit, sind dafür bekannt, dass ihre Larven nicht die ganze Metamorphose durchmachen, dass sie also nicht zu terrestrischen Tieren werden, sondern ihre Kiemen beibehalten und im Wasser bleiben. Sie besitzen die wundersame Fähigkeit, sich zu regenerieren, was nicht nur ihre Glieder, sondern auch andere Körperteile und sogar einige weniger vitale Teile des Hirns betrifft. Salamander kennen viele, aber nur wenige wissen, dass es auch Axolotl gibt. Manche haben Julio Cortázars Geschichte gelesen, die ein Mensch zu erzählen beginnt und ein Axolotl beendet. Ich hatte dieses Wort zum ersten Mal im Mai 1968, zur Zeit der Studentenunruhen, gehört.[11] Damals hatte ich keine Ahnung, was dieses Wort bedeutete, von der Existenz der Axolotl erfuhr ich erst einige Jahre später, als ich im Fernsehen mit halbgeschlossenen Augen eine Naturkundesendung sah, aber nach der Lektüre der Erzählung von Cortázar war ich überzeugt, er sei ein Axolotl gewesen, dem es gelungen war, sich einen Körper zu geben, der dem menschlichen ähnelte. Majk war der Erste, der dieses Wort gebrauchte, als er sich an unsere Gruppe von Freiwilligen wandte. »Merkt euch dieses Wort – Axolotl –, mit dem müsst ihr antworten, falls euch jemand im Universitätsgebäude oder im Hof nach dem Losungswort fragt. Übrigens«, fügte er hinzu, »das ist nicht mein Name. Ich heiße Majk. Schön, dass ihr da seid, ich bin sicher, wir werden gut zusammenarbeiten.« Er drehte sich um und ging. Ich schrieb mir schnell dieses Wort auf, um es nicht gleich wieder zu vergessen, und lauschte weiteren feurigen Reden im Hof der Philosophischen Fakultät. Ich weiß nicht mehr genau, was unsere Aufgaben waren und ob wir sie überhaupt erfüllten. Wir kamen zusammen, unterhielten uns, stritten zuweilen miteinander, aber ich kann mich nicht erinnern, dass man uns je auftrug, etwas zu tun, außer manchmal Botschaften oder Berichte zu anderen Komitees zu bringen, die wie wir auch in verqualmten Räumen tagten.

Wir bekamen nie Antworten von diesen Gruppen, aber das gehörte schon nicht mehr zu unserem Verantwortungsbereich, so wie es nicht meine Schuld war, dass ich das Losungswort nur einmal benutzte, wenn auch nicht auf dem Studentenplatz in Belgrad, sondern während meiner wilden Flucht aus der Unterführung in Neubelgrad, wo die Miliz auf die sich in Richtung Belgrad bewegende Kolonne von Studenten eindrosch. Ich erinnere mich nicht an alle, oder besser gesagt, ich erinnere mich nur an ganz wenige Einzelheiten dieses Ereignisses. Mag sein, dass unser Bewusstsein sich gegen die negative Auswirkung schlechter Erinnerungen wehrt, indem es diesen nicht erlaubt, die Herrschaft über unseren Körper und unsere Seele zu gewinnen. Irgendwo in uns drinnen muss es einen offiziellen Zensor geben, dessen Aufgabe es ist, die Richtigkeit und die Wichtigkeit der Informationen zu kontrollieren, mit denen wir ständig überschüttet werden. Das Leben ist, jetzt weiß ich das, nur eine lange Reihe von Überprüfungen unserer körperlichen und geistigen Sensoren, das heißt jener Punkte, die unseren Platz in dem uns umgebenden Lebensraum bestimmen. Wohl deshalb erinnere ich mich nur an den Augenblick des plötzlichen Übergangs von einer relativen Ordnung zum totalen Chaos. Statt gerufener Parolen und fröhlichen Gesangs erklangen Schreie, Klagen und Flüche, und das alles in Wolken von Rauch, Tränengas und Staub.[12] Ich rannte wie ein kopfloses Huhn, bekam einen Fußtritt gegen den Oberschenkel und einen Hieb mit einem Schlagstock auf den

Rücken. Der Schlag tat so weh, dass ich meinte, mein Rücken sei glatt in zwei Teile zerbrochen, und während ich rannte, erwartete ich ständig zu sehen, wie ein Teil von mir auf den Boden fiel, während der andere im schnellen Galopp über ihn hinwegsprang. Später wurde mir klar, dass ich in Richtung Zemun lief, höchstwahrscheinlich neben der Straße, die Zemun mit Belgrad verbindet. Ich erinnere mich, allerdings nur in Form von Fotoabfolgen, dass ich mich zwei- dreimal in die Büsche schlug, weil ich ein Auto kommen hörte. Und dann, als ich mich schon in Sicherheit wähnte, tauchte hinter einem Strauch links von mir ein Mann in Zivil auf, den ich für einen Agenten der Miliz hielt, der aber die Hand hob, mir ein Zeichen gab, stehen zu bleiben, und »Axolotl!« sagte. Ich blieb stehen. Das Wort war mir bekannt, aber ich konnte es nirgendwo einordnen. Dann fiel es mir ein, und ich wiederholte es. Der Mann kam langsam näher, und statt eines Agenten erblickte ich Majk. Seine Kleidung war unordentlich (wie meine übrigens auch), das linke Auge fast geschlossen, sein linker Arm hing reglos am Körper. Ich schlug ihm vor, zum Zemuner Krankenhaus zu gehen, damit man ihm den Arm eingipse, er aber lehnte es ab und sagte: »Sie kontrollieren mit Sicherheit schon alle Krankenhäuser, wir dürfen nicht dorthin.« Ich gab nicht nach und redete weiter auf ihn ein, er aber blieb stur, bis in der Ferne Sirenen erklangen. Da änderte er schlagartig seine Meinung und drängte sogar, schnellstmöglich zum Krankenhaus zu gehen. An dieser Stelle, das merke ich erst jetzt, lässt mich die Erinnerung im Stich, oder aber mein mentaler Zensor hat beschlossen, mich von einigen Details zu verschonen. Ich weiß nur noch, dass wir in irgendeinem Auto zum Eingang der Notfallambulanz gelangten, aber nicht, wie wir in dieses eingestiegen waren. Vielleicht war das ein Taxi, vielleicht hatte ich unterwegs einen Freund darum gebeten, uns zum Krankenhaus zu bringen, wer konnte das jetzt noch wissen? Bezüglich der Vergangenheit darf man nie sicher sein. Sie ist nach meiner Überzeugung nicht so beständig, wie oft behauptet wird. Sie ändert sich gern, wenn auch in äußerst reduziertem Maß, und nimmt dann Einfluss auf jemandes Gegenwart und Zukunft. Wir füllten verschiedene Formulare aus, trugen verschiedentlich falsche Angaben ein, um, wie Majk sagte, die Spuren zu verwischen. Dann kam ihn eine Krankenschwester abholen, er stand auf, lächelte mich an und winkte; eine große weiße Tür schloss sich hinter ihm. Kurz und gut, damals sah ich ihn zum letzten Mal. Kein Wunder also, dass ich ihn nicht wiedererkannte, als ich ihn in der Tür der Garnisonbücherei sah. Hätte er längeres Haar und ein schmerzverzerrtes Gesicht gehabt, hätte ich mich vielleicht erinnert, aber kurzgeschoren, mit einer tief bis zu den Augenbrauen in die Stirn geschobenen Soldatenmütze war das einfach nicht möglich. Ich hatte ihn seit damals nicht mehr gesehen, hörte aber verschiedene Geschichten über ihn, wann immer Leute zusammenkamen, die an den Demonstrationen teilgenommen hatten. Die Bewegung, falls man diese chaotische Anhäufung von Ideen und Parolen überhaupt als eine Bewegung bezeichnen kann, zerfiel immer schneller, zum Teil von selbst als Folge von Titos Intervention, zum Teil wegen der Aktivitäten der Miliz und des Sicherheitsdienstes trotz der angeblichen Versprechungen Titos, man werde nichts gegen die Rädelsführer der Proteste unternehmen. Indes verschwanden Menschen, schlichen sich fort, ohne ein Wort des Abschieds, ohne jede Erklärung, und alle Versuche, die Bewegung zu erneuern, selbst wenn sie nur in Privatwohnungen organisiert wurden, begannen damit, dass man einander misstrauisch beäugte und verlangte, die weniger bekannten Personen sollten sich ausweisen, was zu endlosen Auseinandersetzungen, Streitigkeiten und beleidigtem Verlassen der Zusammenkünfte führte. Aber so ist es, wenn Ziele und Absichten nicht klar definiert werden – und sich keiner daran stört. In den wenigen Monaten, in denen die Bewegung wie ein verwundeter, kraftloser Löwe dahinsiechte, erfuhr ich, dass Majk einer der bedeutendsten Teilnehmer der Proteste gewesen war, zum engsten Kreis sowie vermutlich auch zu jenem mythischen Hauptausschuss gehört hatte, der sieben (nach einer anderer Version nur fünf) Mitglieder zählte und die Proteste bis zu ihrem Ende anführte, das heißt bis zu dem Augenblick, als es wegen Titos Versprechen und seiner ausgestreckten Versöhnungshand zur Spaltung kam. Majk und ein weiteres Mitglied des Hauptausschusses, so erzählte man, waren kategorisch gegen jede Versöhnung und meinten, man müsse die Sache weiterführen und zu Ende bringen. (»Die Arbeiter und die Städter sind schon auf unserer Seite, und wenn es uns auch noch gelingt, das Militär für uns zu gewinnen, können die Kommunistenschweine ihre Siebensachen packen«, soll Majk damals gesagt haben.) Die übrigen Mitglieder des Hauptausschusses befürworteten voller Überzeugung das Ende der Demonstrationen, und nach einer heftigen Debatte mussten Majk und sein Gesinnungsgenosse ihre Niederlage einräumen und sich zurückziehen. Die Proteste waren somit beendet, die Studenten führten im Reigen Partisanentänze auf und schmetterten Parolen zum Ruhme Titos. Nur zwei, drei Tage später wurden Majk und der andere Student zu einem informativen Gespräch in die Milizstation geladen. Sie blieben nicht lange, das Verhör mag nur ein paar Stunden gedauert haben, aber als sie wieder draußen waren, soll Majk nicht mehr derselbe Mensch gewesen sein. Er lebte weiter in Belgrad, in einer Art Untergrund, und lehnte jedweden Kontakt ab. Die Miliz hatte ihn angeblich nicht angerührt, weil er, wohl dank den Beziehungen seines Vaters, eines Obersten, einen mächtigen Beschützer hatte. Dieser Beschützer soll strikt untersagt haben, aus Majk Informationen herauszupressen, und mit der Zeit legte sich über seine ganze Geschichte ein Schleier erzwungenen Vergessens. Zwei Jahre können eine kurze, aber auch eine lange Zeit sein, je nachdem, womit sie ausgefüllt sind. Mein Kopf war in diesen zwei Jahren bis zum Rand voll von allem möglichen Wissen und Informationen, da ich beschlossen hatte, möglichst schnell alle Prüfungen abzulegen und das Studium zu beenden. Die Fülle dieser Informationen hatte wahrscheinlich dazu beigetragen, dass alle Ereignisse, die mit den Protesten zusammenhingen, schnell aus meinem Gedächtnis entfleuchten. Ich war also nicht um das Vergessen bemüht, vielmehr hatten die vielen Informationen aus den verschiedenen Fächern die Details der »revolutionären Phase« verdrängt. Ich wusste, dass man eigentlich nichts vergessen kann, weil das Verdrängte immer Mittel und Wege findet, an die Oberfläche zu gelangen, musste das Risiko aber in Kauf nehmen. Und hätte ich Majk auch gesehen, hätte ich ihn bestimmt nicht wiedererkannt, weil er, wie es hieß, ein Meister der Tarnung geworden war. Die Tatsache, dass er zum Militärdienst eingezogen wurde, konnte nur eins bedeuten: dass sein Beschützer, wer dieser auch war, keine Macht mehr besaß, dass aber jemand anderes aus jener finsteren Zeit, vielleicht jemand auf einem herausragenden Posten, befürchtete, Majk könne Dinge preisgeben, die keinesfalls an die Öffentlichkeit gelangen durften. Das alles habe ich mir natürlich zusammengereimt, denn ich hatte keine blasse Ahnung, was für Dinge das sein konnten, aber anscheinend lag ich richtig. Die späteren Ereignisse bestärkten nämlich meine Vermutung, dass diejenigen, die Majk suchten, irgendwie von mir gehört hatten und nun hofften, ich könnte sie zu ihm führen. Die Tatsache, dass sie Hilfe brauchten, wies darauf hin, dass auch sie den Regierenden nicht nahestanden, was sie nur noch gefährlicher machte. Sie hätten zum Beispiel durch bloßen Einblick in die Rekruten- beziehungsweise die Soldatenlisten feststellen können, wo genau Majk sich befand, aber sogar für einen so simplen Akt brauchte man die Zustimmung der Militärbehörden, und die hatten sie offensichtlich nicht. Auch war es möglich, dass Majks Beschützer doch noch über einige Macht verfügte. Damals, vor allem am Anfang, begriff ich das nicht, jetzt aber sehe ich es anders, ich hätte schon Verdacht schöpfen sollen, als man mir zum ersten Mal keinen Reisepass ausstellte. Nichts war so einfach, wie einen Pass zu bekommen, aber bei mir fand man immer einen Haken: Mal sollten meine Dokumente verloren gegangen sein, mal fand man sie veraltet, und einmal lehnte man mich ab, weil ich das in Kyrillisch gedruckte Formular mit lateinischen Buchstaben ausgefüllt hatte, was angeblich ein Verstoß war. Gut, dachte ich nach einem solchen Fall, Dokumente und Formulare können in der Tat verloren gehen, aber warum passiert so etwas ständig mir? Die Angestellte am Schalter versicherte mir, alles sei in Ordnung, und gab mir ein kleines Stück Papier, auf das sie einen Stempel gedrückt hatte. Ich bräuchte das nur vorzuweisen, und alle Türen stünden mir offen. Es sah auch so aus, als ich mit einem neuen Formular und den Dokumenten ankam: Ich zeigte am Schalter das gestempelte Papier, man bat mich sofort hinein, notierte meinen Wunsch und sagte, ich solle in sieben Tagen wiederkommen. Als ich nach sieben Tagen kam, war der Pass immer noch nicht fertig. Wenn ich mich richtig entsinne, waren daran hauptsächlich mein Foto und irgendwelche weiße Flecken darauf schuld. Die Angestellte zeigte mir das Foto, das in der Tat fleckig war, als wäre Joghurt darauf gespritzt, allerdings war ich überzeugt, dass es nicht so ausgesehen hatte, als ich zu Hause die nötigen Dokumente zusammenstellte. Ich sagte trotzdem nichts, denn oft passieren in der Tat merkwürdige Dinge; stattdessen stand ich da und starrte das Foto an, als könne es mir sagen, was wirklich geschehen war. Das Foto sagte mir nichts, dafür schob mich die Angestellte förmlich aus dem Zimmer hinaus, ich solle mich noch einmal fotografieren lassen und die neuen Fotos mitbringen, und als ich dies erledigt hatte, schickten sie mich in ein Büro im Erdgeschoss. Dort eröffnete man mir, ich müsse zuerst meinen Militärdienst ableisten. Danach, teilte mir ein junger Mann spöttisch lächelnd mit, könne ich vielleicht reisen, wohin ich wolle. »Warum vielleicht«, fragte ich, »was bedeutet das?« »Vielleicht bedeutet vielleicht, weiter nichts«, sagte der junge Mann. »Wenn du den Militärdienst hinter dir hast, wird dir alles klar.« Inzwischen erschien mir das alles wie ein Knäuel aus Zufällen und Kongruenzen.[13] Meine Rolle bei den Studentenprotesten war so klein und unbedeutend gewesen, dass ich keinen Augenblick dachte, ein Geheimdienst oder eine Behörde könnte mich auf dieselbe Liste gesetzt haben, auf der schon die Hauptakteure der Juniunruhen standen. Damals war ich, und bin es wahrscheinlich auch heute noch, ein politischer Ignorant, der naiv an die freie Entscheidung glaubte und an das Recht, die Wirklichkeit anders zu sehen. Der Gedanke, jemand könne auf Dinge in meinem Leben Einfluss nehmen, erschien mir wie eine Episode aus einem schlechten SF-Film, und die Idee, dass mich jemand für die Übertretung gesellschaftlicher und gesetzlicher Normen missbrauchen könne, wie eine Fieberfantasie. Ich erzähle das alles nicht, um mich zu rechtfertigen, denn hätten die, die sich das Ganze ausgedacht hatten, eine klare Vorstellung von dem gehabt, was sie tun wollten, wäre all das nicht passiert. Manchmal sind wir nur, ohne es zu wollen, Komplizen, die der Sturm auf einen Weg treibt, den er selbst ausgesucht hat und auf dem man von uns nichts Besonderes erwartet. Die Entscheidung lag jedoch bei denen, die den vermeintlichen Sturm kontrollierten. Alles kann man so hinstellen, dass es dem einen wie Zufall und einem anderen wie vorausbestimmtes Schicksal erscheint. Darin war Dimitrije Donkić ein Meister[14] seines Fachs, ein exzellenter Tanzlehrer, der seine Schüler führte, sich aber ihnen gegenüber unmerklich als der Geführte ausgab, wodurch er sie veranlasste, ihm Dinge zu offenbaren, die sie ihm sonst nie anvertraut hätten. Ich war überzeugt, dass jemand die Tatsache, dass ich einen neuen Pass beantragt hatte, zum Anlass nahm, mich nach Banja Luka und zu Dimitrije Donkić zu schicken. Es ist durchaus möglich, dass man keine genaue Beschreibung von Miša beziehungsweise Majk hatte und jemanden brauchte, der ihn erkennen und Dimitrije Donkić dadurch die Arbeit erleichtern würde.

Obwohl ich eigentlich nicht schuld bin, kann ich mir das nicht verzeihen, und dennoch fühle ich, dass ich, geriete ich noch einmal in eine solche Situation, alles wieder genauso machen würde. Interessanterweise wurde während der ganzen Zeit meine Teilnahme an den Studentenprotesten nicht erwähnt, nicht einmal dort, wo man es hätte erwarten können: im Büro des für die Sicherheit zuständigen Offiziers. Einige Tage nach dem Eintreffen in der Kaserne mussten wir Formulare ausfüllen, deren Fragen sich hauptsächlich auf etwaige Auslandsaufenthalte bezogen. Wer auf die Frage nach dem Besitz eines Reisepasses mit Ja antwortete, musste angeben, wann und wohin er gereist war und was er dort getan hatte. Ich gab meine beiden Reisen nach England und eine nach Italien an – alle drei hatten Mitte der Sechzigerjahre, also vor den Protesten, stattgefunden – und fand mich daher unter denen, die zu einem zusätzlichen Gespräch vorgeladen wurden. Wir gingen während des Unterrichts am Vormittag hin, einer nach dem anderen, manchmal vielleicht auch zu zweit oder zu dritt, das weiß ich nicht mehr genau, ich kann mich nur an die Stille in dem Raum erinnern, wo wir darauf warteten, vom Sicherheitsoffizier zum Gespräch aufgerufen zu werden. Die Fragen nach meinen Auslandsreisen waren vorhersehbar: Wann, warum und mit wem ich gereist war, wie lange ich mich jeweils aufgehalten hatte und zu meiner zweiten Englandreise, warum ich noch einmal dorthin gefahren war. Ich setzte zur Antwort an, aber der Sicherheitsoffizier wollte zunächst wissen, wer mir die Fahrkarte bezahlt habe. »Meine Eltern«, sagte ich. Warum nicht ich selbst, fragte er. »Haben Sie schon gehört, dass ein Student so viel Geld hat?«, antwortete ich mit einer Gegenfrage. »Nicht alle Studenten sind gleich«, meinte der Sicherheitsoffizier und fragte, bei wem ich gewohnt habe. Bei Freunden meiner Eltern in London, antwortete ich vorsichtig. Eigentlich war ich in Birmingham gewesen, beschloss aber, das zu verschweigen. Die Freunde meiner Eltern waren nämlich noch vor dem Ende des Zweiten Weltkriegs aus Jugoslawien geflüchtet und als Anhänger des Königs und seiner Regierung in England gelandet. Bei ihnen hatte ich mich einen Monat lang aufgehalten, der einem Intensivkurs über die serbische Tragödie, den kommunistischen Verrat und die Lügen der Alliierten glich, sowie über das tragische Schicksal der Tschetnik-Bewegung und ihres Führers. Jedes Wochenende nahmen sie mich mit in einen großen Park, wo sich enttäuschte Royalisten, Tschetniks und Antikommunisten trafen. Dort gab es bestimmt auch verdeckte Agenten der damaligen jugoslawischen Regierung. Wenn wir nach langen Diskussionen Durst hatten, gingen wir zu einem der nahe gelegenen Pubs auf ein Bier und zum verbissenen Zielen mit kleinen Pfeilen auf eine runde Scheibe. Ich ahnte, dass jeder Pfeil einem roten Kommunistenherz galt. Meines war damals bestimmt keines. Wie immer gehörte ich niemandem.[15] Ich nahm an den Studentenprotesten teil, aber nicht aus ideologischen Gründen, sondern weil das ein Ereignis war, das sich von allem bis dahin Erlebten unterschied. Deshalb schwieg ich dort meistens und nickte weise mit dem Kopf, so wie ich auf die Fragen schwieg, die mir der Sicherheitsoffizier in der Garnison von Banja Luka stellte. Ich war nämlich überzeugt, dass er schon über alles Bescheid wusste, weil es unter den Emigranten in England genug einsame und arme Menschen gab, die für wenig Geld bereit waren, die Angehörigen unserer Geheimdienste regelmäßig über alles zu informieren, was bei den Emigranten erzählt wurde und geschah. Der Sicherheitsoffizier notierte etwas auf einem Blatt und fragte mich dann, ob ich dort Personen begegnet sei, die gegen unser Land hetzten. Um seine Mundwinkel herum spielte ein winziges Lächeln. Ich sagte, ich sei keinem begegnet. Und habe mir denn niemand eine Mitarbeit angeboten, wollte er weiter wissen, oder Propagandamaterial gegen die kommunistische Partei in die Hand gedrückt? Ich schüttelte den Kopf und schaute zu Boden. Das Ganze ging mir schon auf die Nerven, ich musste mich zusammennehmen, um nicht in Lachen auszubrechen, doch das finstere Gesicht des Offiziers mahnte zu Ernst. Dann aber, nachdem er in einen Ordner auf seinem Tisch geschaut hatte, fragte er mich, ob und in welchem Umfang ich an der Uni aktiv gewesen sei. Einen Augenblick wusste ich nicht, was ich ihm sagen sollte, obwohl ich darauf schon lange vorbereitet war. Ich blinzelte und schürzte die Lippen. Sein Lächeln wurde breiter, ein Zeichen dafür, dass er wusste, dass er mich überrascht hatte. Warum zeigte er mir das, warum wollte er mich wissen lassen, dass er darüber Bescheid wusste? Noch heute weiß ich keine Antwort auf diese Frage wie auch auf viele andere. War er auf meiner Seite? Wollte er mich warnen? Wollte er mir vielleicht die Möglichkeit geben, mich aus dem Ganzen herauszuhalten, bevor irgendetwas losging? In den folgenden Tagen, genauer gesagt in vielen schlaflosen Nächten, ließ ich mir alles pausenlos durch den Kopf gehen, stellte mir die Konstruktionen verschiedener Verschwörungen vor, die Auseinandersetzungen föderaler und regionaler Geheimdienste, brummige Agenten und rachedurstige Bürokraten, Bürohengste, die sich die Welt immer als einen Tintenklecks aus ihren stumpfen Füllfedern vorstellen. Ich versuchte, ihm direkt in die Augen zu schauen, aber jetzt vermied er geschickt meinen Blick, so wie ich, nachdem ich sein Büro betreten hatte, seinen zu meiden versuchte. Dieser stumme Kampf dauerte einige Augenblicke, dann sagte mir der Sicherheitsoffizier, ich könne zum Unterricht zurück. Falls ich mich an noch etwas, *egal was*, erinnern sollte, betonte er, könne ich ihn immer hier finden. Ich erinnerte mich an nichts und sah ihn nie wieder, allerdings schien mir manchmal, er würde mich von irgendwoher beobachten. Aber das beunruhigte mich nicht, weil ich immer glaubte, jemand verfolge mich, und in den meisten Fällen erwies sich das auch als richtig. So zum Beispiel, wann immer ich mich auf der Straße plötzlich umdrehte, glotzte mich einer der Passanten offen an, und an den Fenstern sah ich oft Menschen, die sich hinter

Gardinen oder halb heruntergelassenen Rollläden versteckten. Ich war mir natürlich immer dessen bewusst, dass all das nur Schein sein konnte und dass die Menschen sich für mich so wenig interessierten wie für den Schnee von gestern. Währenddessen setzte Dimitrije Donkić beharrlich seinen Plan um, indem er uns zu endlosen Gesprächen über Nichtigkeiten verführte. Beim Militär gibt es weder Vergangenheit noch Zukunft, da existiert nur die Gegenwart, und die bietet einem keine interessanten Themen. Wie lang kann man sich über die Liste der Diensthabenden und der Feuerwehrbeauftragten in unserer Kompanie oder über das Wacheschieben unterhalten? Ein viel bedeutenderes Ereignis war der Kauf der neuen Nummer der Revue *Start*. Das Betrachten der Doppelseite im *Start* führte zur kollektiven Ekstase und förderte die Gesprächigkeit, die uns willkommen war als etwas, was uns zumindest ein klein wenig vor der herbstlichen Kälte schützen konnte. Die Blätter fielen von den Bäumen wie die Haarbüschel unter der Friseurschere, der Himmel wurde dunkel und sank auf die Erde herab voller Feuchtigkeit, die er bald in Form von Regentropfen oder Schneeflocken auf sie fallen lassen würde. »Eine herrliche Zeit für Nostalgie«, sagte ich eines Abends zu Miša, während wir in der Bücherei Zeitungen durchblätterten. Miša zuckte mit den Achseln und runzelte die Stirn. Er runzelte immer die Stirn, wenn er nicht wusste, was er sagen sollte. Zu seinem Glück trommelten plötzlich Regentropfen auf das Dach, und wir stürzten alle los, um die Fenster zu schließen, zum Trocknen aufgehängte Strümpfe hereinzuholen, zerfledderte Zeitungen zusammenzulegen, nachzusehen, ob das Regenrohr zum Blumenbeet hin gedreht war, und niemand dachte mehr an das Gesagte. Dies war eigentlich eine der seltenen Gelegenheiten, bei denen Miša sich in der Bücherei zu mir gesetzt hatte. Man konnte sogar sagen, dass er mich sonst mied. Ich ahnte, dass er sich, nachdem ich ihn wiedererkannt hatte, vergewissern wollte, ob er mit mir reden und Freundschaft pflegen könne. Obwohl er nach den Studentenunruhen beschützt wurde, wusste er, dass er auch weiterhin eine Zielscheibe war. Die Öffentlichkeit hatte zwar von einigen Vorfällen während der Proteste erfahren, aber vieles war noch immer unbekannt, vor den Augen und den Ohren gewöhnlicher Bürger verborgen. Während der Proteste wurden zum Beispiel viele öffentliche und geheime Gespräche geführt, durch die Räume und Hörsäle der Philosophischen Fakultät zogen Politiker, Generäle, Gewerkschaftler, angesehene Professoren und Künstler. Unzählige Vorschläge wurden unterbreitet, verschiedene Vereinbarungen in Aussicht gestellt, man sprach von neuen Bündnissen, vielfach wurde Bereitschaft zu großen gesellschaftlichen Veränderungen bekundet. All diese Gespräche wurden mitgeschnitten, und viele Menschen hätten wahrscheinlich ruhiger geschlafen, wären diese Aufzeichnungen vernichtet worden. Aber sie waren nicht vernichtet, sondern zusammen mit einem großen Teil der übrigen Dokumentation irgendwo gut versteckt. Miša wusste wahrscheinlich, wo, vielleicht aber auch nicht. Die Studentenbewegung war von Anfang an in verschiedene Strömungen und Zweige mit diversen Führern aufgespalten, von denen jeder einen anderen Weg propagierte. Nach dem Ende der Proteste und nachdem Titos Versprechen nicht eingehalten wurde, begann eine mehrere Jahre dauernde Hetzjagd auf alle Aktivisten unter den Studenten und den Professoren. Einige Studentenführer mussten sofort langjährige Gefängnisstrafen absitzen, viele Professoren wurden von der Universität an Institute versetzt, die fest in der Hand der Kommunistischen Partei waren. Mišas Entschluss, trotzdem im Land zu bleiben, konnte nur eins bedeuten: dass er auf irgendeine Art erpresst wurde (etwa mit der Drohung, falls er sich ins Ausland absetzte, würden die Mitglieder seiner Familie belangt). Sein geheimer Beschützer war doch nicht allmächtig. Aber wer weiß, wer konnte wissen, warum er Miša überhaupt beschützte? In solchen Fällen werden komplizierte Spiele gespielt, bei denen der Beschützte leicht zum Bauernopfer werden kann, was Miša zwang, ständig auf der Hut zu sein. Ich musste also warten. Miša beobachtete mich wahrscheinlich, um festzustellen, ob er mir trauen konnte. Doch jeder Einzelgänger verspürt gelegentlich den Wunsch, nicht allein zu sein und Worte über seine Zunge fließen zu lassen. Das Reden brauchen wir wie die Luft zum Atmen, weil wir uns dabei von der Last der nicht realisierten Gedanken, Erzählungen und Sätze befreien. Das Schweigen kann töten –

sowohl den, der schweigt, als auch den, der zuhört.[16]
Ich nahm an, dass Miša niemanden sonst in der Kaserne
kannte und sich bei mir melden würde, wenn der Druck
seines Schweigens unerträglich wäre. Inzwischen war
der Rhythmus des militärischen Alltags äußerst ein-
tönig geworden, so wie wenn man, sagte ich zu Dimitrije Donkić und den anderen, die Einleitung zu Ravels
Bolero endlos wiederholen würde, jenen leisen, einlei-
tenden Teil, bevor das Thema entwickelt oder erwei-
tert wird. Ich betonte, dass das Wiederholen in Ravels
Komposition ein Vorwärtskommen darstelle, in unserem Fall jedoch, beim Militär, eine Stagnation bedeu-
te, die mit der Zeit zu einem Rückwärtsgang würde.
Einem Außenstehenden könne es scheinen, dass wir
stillstehen, in der Tat aber liefen wir rückwärts. Ich verstummte und sah sie an: Dimitrije Donkić nickte,
Redžep grinste bei geschlossenen Augen, Goran runzelte die Stirn, als versuchte er, sich an etwas zu erinnern. Sie verstanden eigentlich nichts von dem, was ich
sagte. Und auch ich war mir nicht gerade dessen sicher,
was ich ihnen vermitteln wollte. Ravels *Bolero* war kein
gutes Beispiel, das zumindest war klar, aber mir fiel kein
besseres ein, das für den Stillstand, die Langeweile und
die Wiederholung stand. Dennoch setzte ich meine
Erläuterung fort. Ich summte sogar bei dem Versuch,
ihnen die Klangstruktur dieser Komposition deutlich zu
machen, aber Goran nahm mir gleich das Versprechen
ab, nie mehr in seiner Gegenwart zu singen. Daraufhin
brach er in schallendes Lachen aus, und Redžep stimmte

darin ein. Danach wurde es still, und wir hätten wer weiß wie lange noch geschwiegen, hätte sich Dimitrije Donkić nicht mit der Frage gemeldet, ob uns unsere Freundinnen schrieben. »Meine schreibt«, sagte Redžep. »Und was schreibt sie«, fragte Dimitrije, »fickt sie mit jemandem?« »Wart nur ab«, erwiderte Redžep, »gleich fick ich dich.« Goran meinte, es sei unwichtig, ob ihm seine Freundin schreibe, da es in Banja Luka wunderschöne Mädchen im Überfluss gebe. »Stimmt«, sagte Dimitrije, »aber für sie bist du unsichtbar. Sobald sie die Uniform sehen, nehmen sie den Mann, der in ihr steckt, nicht mehr wahr.« Goran widersprach ihm. Beide schauten mich an, als wisse ich die Antwort. »Hätte ich dazu etwas zu sagen«, sagte ich, »hätte ich auch eine Freundin.« Redžep rückte plötzlich von mir weg. »Wie meinst du das, hast du denn keine Freundin?«, sagte er. »Bist du etwa schwul?« Dimitrije fühlte sich berufen, mich in Schutz zu nehmen, und sagte, ich sei nicht schwul. »Woher weißt du das?«, meldete sich Goran, »hast du etwa in seinem Arsch nachgeschaut?« Redžep drohte Dimitrije mit erhobenem Zeigefinger und sagte, er habe gesehen, wie er nachts um mein Bett herumschlich. »Pass auf, dass ich nicht in dein Bett komme«, sagte Dimitrije ernst, »dann wirst du dein blaues Wunder erleben.« Goran lachte und meinte, in dem Falle wüsste man nicht, wer von den beiden den anderen aufs Kreuz legen würde. Dimitrije spuckte auf den Boden, bemerkte, es sei Zeit für ein neues Getränk, und ging zur Cafeteria. Ich wartete, dass sich die Tür hinter ihm schloss, und fragte Redžep, ob er ihn wirklich um mein Bett herumschleichen gesehen habe. Redžep zögerte zunächst, sagte dann, er habe ihn ein paar Mal gesehen, sowohl tagsüber als auch nachts, wollte aber nicht verraten, was er dabei tat, ob er vielleicht in meinem Bett wühlte. »Das kannst du ihn selbst fragen, wenn er zurückkommt«, sagte er und schwieg. Dimitrije habe ich nicht gefragt, weder damals noch später. Was immer er gesucht haben mochte, er konnte es nicht finden, weil ich nichts unter dem Kopfkissen und der Matratze versteckt hielt. Den Schlüssel zum Spind mit den Militärsachen, in dem sich auch einige Bücher und meine Notizhefte befanden, verwahrte ich in einem kleinen Plastikbeutel, den ich jeden Abend vor dem Einschlafen in meine Unterhose steckte. Vielleicht interessierten ihn diese Notizhefte, aber er hätte auch auf anderem Wege daran kommen können. Übrigens, wie ich später feststellte, wusste er bereits alles über mich, was für ihn von Interesse war. Ich glaube, er wusste sogar, wer Miša war, wollte es aber nicht zeigen, weil er einfach das Katz-und-Maus-Spiel genoss, und dafür hatte er bis zu unserer Entlassung genügend Zeit. Vielleicht stimmte das auch nicht, vielleicht wusste er doch nicht, wer Miša war, und brauchte dafür meine Bestätigung. In einem Augenblick dachte ich daran, mich mit einigen Soldaten aus anderen Kompanien anzufreunden, um auf diese Weise Dimitrije Donkić hinters Licht zu führen, aber dann begriff ich, dass ich ihn damit – denn er hätte es früher oder später durchschaut – nur verärgert und mich selbst unnötigerweise in Gefahr gebracht hätte. Nein, ich wollte auf keinen Fall, dass Dimitrije Donkić mich auf die Liste seiner Feinde setzte.[17] Es war vernünftiger zu warten, bis Miša sich von selbst bei mir meldete. Ich war überzeugt, dass er es tun würde, weil es beim Militär, wie ich bestimmt schon gesagt habe, nichts Schlimmeres gibt, als allein zu sein. Ich weiß nicht genau, warum das so ist, habe aber viele einsame Kerle beobachtet, die nach einigen Wochen oder Monaten beim vergeblichen Versuch, ihren Status als Einzelgänger aufrechtzuerhalten, wie trockenes Reisig zerbrachen. Aus irgendeinem Grund wurden die Einzelgänger zur Zielscheibe anderer Soldaten, aber auch der Offiziere, und mussten alle möglichen Arten von gnadenlosen Schikanen über sich ergehen lassen, angefangen mit der Erledigung sinnloser Aufgaben (zum Beispiel, vom Parkplatz für neue gepanzerte Transportwagen jeden Grashalm zu zupfen) bis zum Erdulden, im Waschraum von allen anderen angepisst zu werden. Man musste daher wenigstens einen Kameraden haben, der einem in solchen Situationen Beistand leistete. Am wirksamsten erwiesen sich kleine Gruppen von drei, vier Soldaten, die sowohl eine offensive als auch eine defensive Rolle spielen konnten. Als er mich ansprach, suchte Miša nur einen Menschen, um nicht alleine in der Schusslinie zu stehen, aber ich bot ihm in gutem Glauben etwas an, was ich damals für viel besser hielt: die Mitgliedschaft in unserem kleinen Tierreich, nicht ahnend, dass ich ihm damit etwas sehr viel Schlimmeres vorschlug. Als Miša sich endlich bei mir meldete, das heißt, als er mich eines Abends in der Bücherei ansprach, fragte er mich sofort, wer meine Freunde beim Militär seien und warum ich mich gerade für sie entschieden hätte. Ich sagte einige Sätze über Dimitrije, Goran und Redžep, eigentlich sagte ich über jeden von ihnen nur einen Satz, da ich, wie ich zugab, nicht mehr über sie wusste. Außerdem, sagte ich, sobald man zum Militär komme und in die Uniform schlüpfe,[18] sei man nicht mehr derselbe Mensch, genauer gesagt, beim Militär höre man auf, das zu sein, was man zuvor war. Die Freundschaften würden nicht aufgrund dessen geschlossen, was du vor dem Antritt des Militärdienstes warst, aufgrund deines Berufs oder gleicher Interessen, sondern wegen etwas, was ich nur als eine Art körperliche Aura bezeichnen könne. Auf einmal begreifst du, dass du dich am wohlsten in der Gesellschaft eines ungehobelten, schmuddeligen Banausen oder eines Herumtreibers fühlst. Die besitzen etwas Undefinierbares, das in dir einen Widerhall findet, anders kann ich es nicht erklären. Miša war damit nicht einverstanden, und heute verstehe ich nicht, wie ich so etwas je behaupten konnte. Es stimmte auch in meinem Fall nicht, aber aus unerfindlichen Gründen wiederholte ich diese Behauptung wie ein Papagei. Das tat ich so oft, dass Miša am Ende bereit war, sich die Mitglieder unserer Gruppe anzuschauen; manchmal genüge ein Blick, sagte er damals, um alles zu begreifen. Schon am nächsten Tag gingen wir zusammen zur Cafeteria, wo ich ihm

Dimitrije, Goran und Redžep zeigte, die vollauf mit ihrem Bier beschäftigt waren. Nach der kurzen und oberflächlichen Vorstellung, bei der Dimitrije ein gekünsteltes Desinteresse an den Tag legte, sonderten Miša und ich uns ab und setzten uns auf eine Bank an der Seitenwand, wo wir vor neugierigen und sonstigen Blicken geschützt waren. Ich vermutete, dass Miša sich in erster Linie nach einem Gespräch sehnte, wusste aber nicht, worüber ich mit ihm reden sollte. Ich fragte ihn schließlich nach einigen Personen aus meinem Ausschuss, aber bei der Erwähnung ihrer Namen zuckte er nur mit den Achseln, was wohl bedeuten sollte, dass er über sie nichts wusste oder – was mir wahrscheinlicher schien – nicht über sie reden wollte. Ich sagte ihm, dass mich am meisten Petar Mutanović interessiere, und als Miša daraufhin wieder mit den Achseln zuckte, konnte ich mich nicht mehr zurückhalten und sagte, ich könne nicht glauben, dass er ihn nicht kenne. »Der berühmte Petar Mutant«, deklamierte ich, »einer der wichtigsten Koordinatoren der Proteste, allen dadurch bekannt, dass er in der Philosophischen Fakultät Abhörgeräte entdeckt hatte. Es ist unmöglich, dass du ihn nicht kennst.« Er kenne ihn, gab Miša zu, sei aber nicht sicher gewesen, dass ich das hören wolle. Manchmal sei es besser, etwas nicht zu wissen. Ich sagte ihm, dass mich alles im Zusammenhang mit Petar Mutant interessiere, weil wir dieselbe Grundschule und dasselbe Gymnasium besuchten und einmal sogar, ohne es zu wissen, gleichzeitig dieselbe Freundin hatten. Sie hieß Lena: Mit Petar traf sie sich montags und mittwochs, mit mir dienstags und donnerstags, und am Wochenende, so behauptete sie, musste sie sich um familiäre Angelegenheiten kümmern, was ich später als ein Zeichen dafür deutete, dass sie sich dann mit einem Dritten traf, denn wenn sie mit zweien gehen konnte, warum nicht auch mit dreien? Oder mit vieren? Oder mit gleich wie vielen? Miša runzelte die Stirn und sagte, er wisse nichts über Petars Freundinnen, aber er sei dabei gewesen, als er seinen Widerstand aufgab und den Bullen alles ausplauderte, was er wusste. Sie hatten ihn langsam weichgekocht, mehrere Wochen lang, und von Zeit zu Zeit andere Teilnehmer vorgeladen, um ihn einem Kreuzverhör zu unterziehen. So holten sie auch ihn, Miša, und an dem Tag habe Petar, von Schlägen und Schlafentzug mürbe geworden, angefangen auszupacken. Er habe ganz aufgedreht geredet, habe gar nicht aufhören können und wie ein Automat die Namen der Teilnehmer, Professoren und Studenten sowie öffentlich bekannter Personen, Schauspieler, Schriftsteller und Rock-Musiker aufgezählt. Als sie begriffen, was los war, hätten die Polizisten ihn, Miša, nach Hause gehen lassen, sodass er nicht wisse, was Petar ihnen noch alles verraten habe, aber kurze Zeit später seien einige Professoren und Assistenten sowie mehrere Studenten festgenommen worden, während viele Menschen Hals über Kopf die Rettung im Ausland gesucht hätten. Miša sagte dann, ich solle ihn nicht so anschauen, er habe niemanden verpfiffen, er habe sich im Gegenteil bemüht, den Wort-

schwall aus Petars Mund zu stoppen, außerdem genieße
er den Schutz sowohl der einen als auch der anderen
Seite. Er präzisierte nicht, welche Seite welche war, was
für meine nächste Frage auch gar nicht von Bedeutung
war. Ich wollte wissen, was er zu tun gedenke, falls
dieser Schutz aufhöre? Darüber werde er nachdenken,
sagte Miša, drückte mir die Hand und ging in die ent-
gegengesetzte Richtung. Die Mitglieder des Tierreichs
saßen noch immer am selben Platz. Zur Begrüßung er-
hoben sie ihre Bierflaschen. Dimitrije Donkić ergriff als
Erster das Wort und sagte mit unverhohlenem Sarkas-
mus: »Prima, dass du einen neuen Freund hast, nur
schade, dass du ihm nicht erlaubst, sich zu uns zu setzen. Der wird noch denken, dass du mit irgendwelchen Menschenfressern befreundet bist.« Dieses Wort
Menschenfresser, das grässlich klingen kann, nahm sich
eigentlich zärtlich und edel aus im Vergleich zu dem,
was die Mitglieder des Tierreichs von sich gaben. Aber
ich will nichts überstürzen, um nicht Gefahr zu laufen,
etwas auszulassen. Und ich füge noch hinzu, dass ich all
das als Mitglied des Tierreichs erzähle, und nicht als
neutraler Beobachter.[19] Ein Teil der Verantwortung
liegt bei mir, so wie die Entscheidung, Dimitrije Donkić
zu töten, allein meine Entscheidung war.[20] Viele Menschen reden über so etwas, aber nur wenige tun es wirklich. Die meisten labern über das Nichthandeln, als
wäre das leicht zu meistern. Das Nichthandeln ist eine
edle Kategorie in der fernöstlichen Philosophie und im
Zen-Buddhismus, aber im normalen Leben kann es eine

völlig falsche Entscheidung sein, weil es uns nicht von der moralischen Verantwortung befreit und nicht davor bewahrt, Sünden zu begehen. Ich bin wahrscheinlich kein Mensch, der andere beeinflussen kann, aber Dimitrije Donkić war es, und er verlor keine Zeit. An demselben Tag, als wir uns nach dem Abendessen versammelten, begann er mich mit Fragen zu bestürmen, wer dieser Freund von mir sei, woher wir uns kennten, warum er so mager sei, wann sie ihn näher kennenlernen würden ... Später kamen auch noch Redžep die Schlange und Goran die Zecke mit ihren Fragen hinzu, und das große Interesse, das mich davor hätte warnen sollen, zu viel zu reden, schmeichelte mir nur, als wäre Miša mein Werk, als hätte ich ihn geformt aus dem Lehm eines nahe gelegenen Bachs. Wie auch immer, ich versuchte gerne, ihn dazu zu überreden, sich unserer Gruppe anzuschließen. Dimitrije Donkić gab mir Passierscheine zum Verlassen der Kaserne, einen für Miša, einen für mich. Die sollten eine Belohnung (für mich) und ein Köder (für Miša) sein. Die Passierscheine waren natürlich gefälscht, was bedeutete, dass sie mit Vorsicht zu benutzen waren, und dennoch standen sie bei den Soldaten hoch im Kurs, weil jeder Stadtausgang, zumal an einem Wochentag, einen Gewinn neuer Lebensenergie bedeutete, die sich in der Kaserne schnell und leicht verbrauchte. Miša bedankte sich für dieses Geschenk, wollte aber immer noch keine Freundschaft mit den Mitgliedern des Tierreichs schließen. Ich genüge ihm vollauf, sagte er, und er sehe nicht ein, warum er mit neuen Menschen zusammenkommen solle, die ihm später nichts bedeuten würden. Auf meinen Einwand hin, in einer Gruppe würde er sich sicherer fühlen, erwiderte er, er sei sich selbst der beste Schutz. All das erzählte ich später Dimitrije Donkić. Er hörte es sich mit angeekelter Miene an, erteilte mir erneut denselben Auftrag, und ich begann dann wie ein aufdringlicher Hund Miša zu bestürmen, er solle es sich noch einmal überlegen. Ein paar Tage später begann er zu schwanken und erklärte schließlich, er sei bereit, sich uns anzuschließen, allerdings unter der Bedingung, dass man sein Recht auf Alleinsein respektiere und ihm die Möglichkeit einräume, sich von der Gruppe abzusondern, wann immer er wolle. Vielleicht sei es von mir richtig gewesen, sagte Miša, ihn dazu zu überreden, sich uns anzuschließen. Nach dem Scheitern der Proteste, sagte er, habe er die Menschen gemieden, aber vielleicht sei jetzt die Zeit gekommen, sich ihnen wieder zu nähern. Ich versprach ihm, dies alles würde ich, ohne die Proteste zu erwähnen, den Mitgliedern des Tierreichs weitergeben und ihn schnell über das Ergebnis unterrichten.[21] Miša fragte, warum wir einen so unsinnigen Namen gewählt hätten, als gebe es nicht eine Menge attraktiverer oder furchterregenderer Möglichkeiten. »Das war wegen der Spitznamen«, antwortete ich ihm und leierte runter: »Dimitrije der Waschbär, Redžep die Schlange, Goran die Zecke, und ich bin der Tiger.« Der von Blake oder der von Borges, wollte Miša wissen. »Der von Blake, natürlich«, antwortete ich. Dann werde er Axolotl heißen, sagte Miša, aber als ich Dimitrije davon in Kenntnis setzte, wollte er nichts davon wissen und sagte, wir würden ihm den Spitznamen geben, der am besten zu ihm passe. Zu meiner Überraschung war Miša sofort damit einverstanden. Ich dachte, er würde auf Axolotl bestehen, aber er zuckte nur mit den Achseln und murmelte wieder, er sei einverstanden. Ich stellte ihm keine Fragen. Beim Militär übt man sich in Geduld: Wer gleich das Weite sucht, bettelt später um Erhörung. Niemand hält es beim Militär allein aus, jeder braucht einen Menschen, und jeder kennt Augenblicke, in denen er das Bedürfnis hat zu reden. Die Kaserne ist ein Meer aus Geflüster, vor allem wenn die Nacht heranrückt. Die Reihenfolge ist immer dieselbe: Zuerst leckt man sich in der Einsamkeit die Wunden, dann sucht man Trost, aber es bleibt einem jederzeit die Möglichkeit des Vergessens, es genügt, über die Straße zum Kiosk zu gehen und dort eine Flasche Weinbrand zu kaufen. Eigentlich sollte man gleich zwei Flaschen kaufen, eine für sich und eine für den diensthabenden Offizier, um ihn bei Laune zu halten. Ich weiß nicht, wie es denen erging, die wie Miša keinen Alkohol tranken. Ich wollte ihn das einige Tage später fragen, aber es passierten (oder vielleicht nicht?) Dinge, die alles in eine andere Richtung lenkten. Wir trafen uns in der Bücherei, die für Dimitrije Donkić auch weiterhin Terra incognita war, aber da saßen zwei Soldaten, die Comics lasen und dabei ständig lachten, was Miša auf die Nerven ging, weshalb er mich aufforderte, mit ihm hinauszugehen.

Er wolle mir, sagte er draußen, etwas sagen, aber wir sollten zuerst von all diesen Baracken und ihrem Licht wegkommen. Er bog nach links ab, über Gras und zwischen Nadelbäumen auf das Absperrgitter der Kaserne zu. Als wir schließlich stehenblieben und uns umdrehten, erkannte ich, dass Miša eine Stelle ausgesucht hatte, zu der sich niemand unbemerkt heranschleichen konnte. Miša räusperte sich, als wolle er einen Theatermonolog vortragen, und sagte: »Vor sehr langer Zeit glaubte ich, unverwundbar zu sein. Dies steht, glaube ich, irgendwo bei Paracelsus und lautet ungefähr so: Glaube daran, dass du unverwundbar bist, und du wirst es sein. Es ist also nur eine Sache des Wollens. Und wahrscheinlich ist es wirklich so, bis jemand vor deinem Gesicht ein Messer zückt.« Ich war mir nicht sicher, ob ich verstand, was er mir damit sagen wollte, dann aber dachte ich, dass er bedroht werde. Jemand hat ihn bedroht, wiederholte ich für mich, wusste aber nichts damit anzufangen. Miša war äußerst vorsichtig (und auch äußerst hartnäckig in seinem Stolz), suchte aber dennoch meine Hilfe. Darüber konnte ich nur froh sein, weil dies bedeutete, dass ich sein Vertrauen gewonnen hatte. Heute denke ich, es wäre besser gewesen, ich hätte es nicht gewonnen, aber damals sah alles anders aus, obwohl ich mich nicht des Eindrucks erwehren kann, dass das Ende trotzdem dasselbe gewesen wäre. Ich weiß genau, was Mara dazu sagen würde: »Du betrachtest und beurteilst alles in Bezug auf dich. Andere existieren für dich nicht. Du bist ein Universum, das aus einem einzigen Planeten besteht.« Und ich frage mich, ob wir nicht alle solche Ein-Mann-Universen sind, denn ein Universum, in dem es mehr als eine Person gibt, ist nicht gerade zu empfehlen. Aber jetzt war nicht der richtige Augenblick für Unterhaltungen über Astrologie. Am Drahtzaun um die Kaserne spielte sich etwas anderes ab. Ich sah nämlich in der Ferne einen Wachposten, der sich auf uns zu bewegte, langsam, ohne Eile, Schritt für Schritt. Über seinem Kopf schaukelte die Spitze des Gewehrlaufs, die ab und zu einen Lichtschein reflektierte. Ich wusste, was geschehen würde, wenn er uns nahe käme: Zuerst würde er um eine Zigarette bitten, dann würde er sie anzünden und bemerken, wir seien zu nahe am Zaun und sollten etwas davon wegrücken. Ich drehte mich zu Miša um und sagte, schon die bloße Vermutung, jemand wolle ihm etwas Böses, solle für ihn Grund genug sein, sich dem Tierreich anzuschließen. »Du wirst dich sicherer fühlen«, erklärte ich voller Überzeugung, als hätte ich das wirklich garantieren können. Miša lächelte säuerlich – auch er wusste, dass meine Worte keine Bedeutung hatten –, und ich warf wieder einen Blick auf den Wachposten. Er war noch immer ziemlich weit von uns entfernt, aber etwas an ihm war verändert. Dann kam ich dahinter, was es war: Der Gewehrlauf blinkte nicht mehr neben seinem Kopf, und das musste bedeuten, dass er das Gewehr jetzt in den Händen hielt. Statt mich dessen zu vergewissern, packte ich Miša an der Hand und zischte durch die Zähne: »Wir hauen ab, schnell, sofort!« Ich ging querfeldein, weil ich dachte, so am schnellsten die Bücherei und die übrigen Baracken zu erreichen. Mein Herz machte Sprünge zwischen Hals und Magen, und je schneller es sprang, umso schneller ging ich und zog Miša hinter mir her, bis ich am Ende tollpatschig zu rennen begann. Erst als wir den engen Durchgang zwischen der Bücherei und der Baracke mit den Unterrichtsräumen erreichten, blieb ich stehen. Ich ließ Mišas Hand los, und er betrachtete traurig sein rot gewordenes Handgelenk. »Was war los«, fragte er, »bist du verrückt geworden?« Ich forderte ihn auf, zusammen mit mir einen Blick hinter das Gebäude zu werfen. Der Wachposten gelangte gerade zu der Stelle, an der wir vor drei, vier Minuten gestanden hatten. »Siehst du den Wachposten?«, fragte ich Miša und wartete sein Kopfnicken ab. »Und jetzt schau dir sein …« Da brach ich plötzlich ab, denn der Lauf seines Gewehrs befand sich wieder neben seinem Kopf. Miša fragte, was er sich hätte anschauen sollen, aber ich schwieg. Jeder Versuch einer Erklärung war von vornherein zum Scheitern verurteilt. Vielleicht hätte ich gleich sagen sollen, was der Grund meines Losrennens gewesen war, aber ich war nicht mehr sicher, ob überhaupt etwas passiert war, und wenn ich nicht sicher war, wie konnte ich ihn dann davon überzeugen? Schließlich, warum sollte der Wachposten das Gewehr gegen uns richten und warum sollte überhaupt jemand auf uns, genauer auf Miša, schießen? Ich glaubte nicht, dass er für jemanden ein so gefährlicher Feind war, dass er getötet werden sollte. Auf mich traf das bestimmt noch weniger zu. Es sei denn, dachte ich damals, dass diejenigen, die Angst hatten, Miša könne etwas ausplaudern, auf der hierarchischen Leiter des Systems eine Stufe höher erklommen hatten als die Gruppe, die erfahren wollte, was Miša wusste. Mit anderen Worten, es ging gar nicht um Miša, sondern darum, dass einige Mitglieder dieser Gruppen ihre Haut retten wollten, da sie während der Studentenunruhen in Belgrad mit Miša in Verbindung standen und damals Ansichten geäußert hatten, die sie auf keinen Fall der Öffentlichkeit preisgeben wollten. Auch heute noch, nach so vielen Jahren, weiß ich nicht mit Gewissheit, was da alles passiert war, ob überhaupt etwas passiert war und inwieweit ich damit zu tun hatte. Lange Zeit glaubte ich, dass es um eine Auseinandersetzung zwischen zwei entgegengesetzten Fraktionen in der Armee ging, einer, die die Modernisierung des militärischen und damit auch des politischen Systems anstrebte, und einer anderen, die hartnäckig auf der Beibehaltung der alten Methoden und auf einem noch größeren Druck der Kommunistischen Partei beharrte. Ich wusste jedoch nicht, wer zu welcher Fraktion gehörte, falls es die Fraktionen in Wirklichkeit und nicht nur in meiner überhitzten Fantasie gab. Die Erleichterung, die ich verspüre, seitdem Dimitrije Donkić nicht mehr auf dieser Welt weilt, sollte eigentlich die Bestätigung dafür sein, dass ich richtig gehandelt habe, aber nichts spricht von dem wahren Ausmaß meines Engagements, nichts liefert eine Deutung meiner Taten. Dabei ist die Frage einfach, und ich hätte sie vielleicht schon längst stellen sollen, die Frage nämlich, ob ich an dem, was mit Miša geschah, wirklich schuld bin oder ob ich nur die Rolle gespielt habe, die ich, da sie mir vom Schicksal selbst zugeteilt wurde, gar nicht hätte ändern können? Wie auch immer, nach noch einem oder nach zwei Vermittlungsgesprächen schien alles in trockenen Tüchern zu sein, und Miša brauchte jetzt nur noch auch offiziell Mitglied des Tierreichs zu werden. Das sollte am nächsten Montag nach dem Abendessen geschehen. Am Montagmorgen wurde jedoch verkündet, dass Mišas und unsere Kompanie zu einem etwa fünf Kilometer entfernten Truppenübungsplatz marschieren sollten, um dort das Ausheben von Gräben zu trainieren. Wir marschierten zu Fuß in voller Ausrüstung und bei warmer Herbstsonne, die uns immer wärmer zu werden schien. Der für uns zuständige Kompaniechef an der Spitze der Kolonne diktierte ein schnelles Tempo, das nur die Soldaten um ihn herum einhalten konnten, während unsere Abteilung sich auflöste und bald eher einem Heer ähnelte, das nach einer Niederlage auseinanderfällt, als einer Mustereinheit, die sich auf dem Marsch zu einer neuen Aufgabe befand. Als der Kompaniechef das bemerkte, befahl er den Zugführern, Ordnung zu schaffen, aber deren Befehle reizten uns nur zum Lachen oder wurden gar nicht beachtet. In diesem Chaos gerieten unsere Kompanien durcheinander und plötzlich tauchte Miša neben mir auf, aber bald trennten wir uns, und als ich ihn wieder erblickte, schritt er neben Dimitrije, der offensichtlich etwas Lustiges erzählte, denn Miša musste andauernd lachen. Zu meiner großen Überraschung verspürte ich, als ich sah, wie Miša den Kopf in den Nacken warf und das Lachen genoss, einen Stachel von etwas wie Eifersucht. Das war natürlich lächerlich, aber sofort danach begriff ich, dass sich meine Eifersucht auf den Besitz bezog. Bis zu diesem Augenblick hatte Miša nur mir gehört, jetzt aber musste ich lernen, ihn mit den anderen zu teilen. In Gedanken versunken, ging ich immer langsamer, blieb schließlich stehen, legte mich ins Gras und starrte die Wolken am Himmel an. Vielleicht bin ich auch eingeschlafen, ich weiß es nicht mehr genau, erinnere mich aber, dass ich ein Rockkonzert hörte, bei dem der Sänger so laut brüllte, dass alle Besucher, mich eingeschlossen, den Saal verließen. Beim Hinausgehen erkannte ich plötzlich, dass es die Stimme von Dimitrije Donkić war. Ich schlug die Augen auf und sah ihn tatsächlich. Er kniete neben mir und schüttelte mich, und als er merkte, dass ich ihn anschaute, meinte er, ich sei verrückt. »Willst du denn wirklich, dass man dich wegen Desertierens bestraft?«, sagte er. »Los, steh auf, ich habe dem Zugführer gesagt, dass dir von der Sonne übel geworden ist, dass du wahrscheinlich einen Sonnenstich bekommen hast und deswegen nicht weiterkonntest.« Ich sagte ihm, dass mich die Sonne überhaupt nicht störe und dass ich immer ohne Kopfbedeckung gehe. Dimitrije wiederholte noch einmal, was ich dem Zugführer zu sagen hätte, und betonte, ich solle noch sa-

gen, dass ich mich übergeben hätte und vor Kopfschmerzen kaum aus den Augen sehen könne. Ich sagte
ihm, ich hätte gar keine Kopfschmerzen und verstünde
nicht, wovon er rede. Dimitrije kam plötzlich mit seinem Gesicht ganz nahe an meines und sagte mit zi-
schelnder Stimme voller Spucke: »Kleiner, wenn du
nicht bald aufhörst, Scheiße zu reden, werde ich dich
in einen anderen Aggregatzustand versetzen, kapiert?«
Ich sagte ja, was hätte ich sonst sagen sollen? Dann beeilte ich mich, Dimitrije einzuholen. Als wir den Zugführer erreichten, muss ich ausgesehen haben, als wäre
ich mutterseelenallein auf der Welt. Der Zugführer
hörte mir jedoch gar nicht zu. Er lag im tiefen Schatten,
hechelte und wedelte mit den Armen, als vertriebe er
Fliegen, obwohl ich keine sah. Er fragte mich, ob ich
sofort in die Kaserne zurück oder abwarten und zusammen mit der Gruppe zurückkehren wolle. Ich sagte, ich
würde abwarten, und er wies mit der Hand in meine
Richtung, was bedeutete, ich sei frei. Da konnte ich das
Tierreich suchen gehen. Ich fand es fast auf dem Gipfel
des Berges. Dort hoben sie flache Mulden für liegende
Gewehrschützen aus, was auf alle Fälle leichter war als
die tiefen Gräben für stehende Gewehrschützen oder
für die Maschinengewehrschützen. Miša war nicht in
ihrer Gruppe und gesellte sich erst bei der Rückkehr
zu uns. Da sich Dimitrije schon auf dem Weg zum
Truppenübungsplatz mit ihm unterhalten hatte, blieb
nur, ihn Redžep und Goran noch einmal vorzustellen,
und wir brauchten nach dem Abendessen nicht mehr

zusammenzukommen. In jedem Fall, sagte Dimitrije, müsse er jetzt seinen Arbeitsnamen erhalten. Wir beeilten uns, Vorschläge zu unterbreiten, die unter anderem folgende Tiere vorsahen: Hase, Hahn, Regenwurm, Krokodil, Hai[22] und Nilpferd. Miša erwähnte den Axolotl, worauf alle lachten und fragten, was das sei, aber bevor er es erklären konnte, schaltete sich Dimitrije Donkić ein und sagte, er habe den idealen Namen für unser neues Mitglied gefunden. Dann drehte er sich zu Miša und verkündete pompös: »Spatz, ab jetzt heißt du Miša der Spatz.« Anfangs nahm sich Mišas Anwesenheit im Tierreich merkwürdig aus, was ich dem Umstand zuschrieb, dass er sich doch nicht dazugehörig fühlte. Obwohl er mit uns zusammen war, war er instinktiv gegen uns. Am schlimmsten war es, dass er sich verstellen musste, und zwar am meisten in Bezug auf mich, auf den Menschen also, den er am besten kannte (obwohl man nicht sagen kann, dass wir uns wirklich gut kannten). Die Zeit, die wir gemeinsam bei den Studentenprotesten verbracht hatten, lag weit hinter uns vergraben, und wir erwähnten sie vor den anderen nie. Für alle Fälle hatten wir uns eine Geschichte über unser Kennenlernen zurechtgelegt. Demnach kannten wir uns, weil wir als kleine Jungen in derselben Straße im Dorćol-Viertel Belgrads gewohnt hatten. Später hätten wir uns aus den Augen verloren, weil ich nach Zemun zog, und seien uns nach längerer Zeit zum ersten Mal wieder hier, beim Militär, in Banja Luka, begegnet. Redžep und Goran akzeptierten unsere Erklärung, aber

Dimitrije war hartnäckig und fragte, wie viel Zeit seit unserer letzten Begegnung verstrichen sei. Miša und ich sahen einander an. Ich sagte dann, das sei vor sieben Jahren gewesen, während Miša fast gleichzeitig erklärte, seitdem seien sechs Jahre vergangen. Dimitrije Donkić musterte uns mit seinen Waschbärenaugen und sagte: »Sechs oder sieben. Was davon ist richtig?« Wie schnell wird aus einer kleinen Unbedachtheit ein großer Fehler, dachte ich und spürte schon die Schlinge um meinen Hals, aber da ergriff Miša wieder das Wort und erklärte mit selbstbewusster Stimme, dass er, obwohl wir derselbe Jahrgang seien, später eingeschult worden sei. Das letzte Mal hätten wir uns bei meiner Abiturfeier gesehen, und die sei vor sieben Jahren gewesen, während seine Abiturfeier ein Jahr später, also vor sechs Jahren, stattgefunden habe. Er fügte noch einige Einzelheiten hinzu, erwähnte, ich weiß nicht warum, eine Mondfinsternis und warf alles dermaßen durcheinander, dass Dimitrije nichts anderes übrig blieb, als sich damit zufrieden zu geben. Ich dachte, wir hätten ihn uns endlich vom Hals geschafft, aber er meldete sich wieder und fragte, ob wir zusammen studiert hätten. Wir seien zur selben Zeit an der Uni gewesen, sagte Miša, aber an verschiedenen Fakultäten. Der Tiger habe Englisch studiert, er aber sei an der Bergbaufakultät gewesen, was erkläre, warum wir keinen Kontakt miteinander gehabt hätten. Wenn man dazu noch die vielen Mädchen bedenke, die an der Philologischen Fakultät studierten, sei es kein Wunder gewesen, dass ich keinen Wunsch verspürt hätte, mit ihm eine Freundschaft zu pflegen. »Recht geschah dir«, platzte ich hinein, »du wolltest ja unbedingt Bergmann werden.« Verärgerung vorspielend, fragte Miša, was er wohl hätte werden sollen, etwa eine Sekretärin mit Englischkenntnissen wie ich? Ich herrschte ihn an, er solle aufpassen, was er sage, aber da mischte sich Dimitrije ein und versuchte uns zu beschwichtigen, indem er meinte, es sei unnötig, sich über etwas zu streiten, was man nicht ändern könne. Er stellte sich mit vor der Brust gekreuzten Armen zwischen Miša und mich, um uns dadurch von seiner Standhaftigkeit zu überzeugen. »Das war gut«, sagte ich später zu Miša, es sei uns gelungen, ihn glauben zu lassen, zwischen uns beiden sei nicht alles in Ordnung, was Möglichkeiten für andere Manipulationen eröffne. Ich hatte dabei nichts Bestimmtes im Sinn, aber dieser Satz wirkte beruhigend. Dimitrije Donkić war ein echter Kämpfer, da durfte man sich nicht allein auf das Glück verlassen. Ich begriff zwar nicht, was ihn dazu trieb: persönliche Rache oder verletzter Nationalstolz oder aber eine saftige Belohnung. Eines war jedoch sicher, er würde bis zum letzten Atemzug kämpfen, und zwar gnadenlos. Bei ihm war alles bis ins kleinste Detail geplant, Platz für Fehler war erst gar nicht vorgesehen. Er pflegte zu sagen, für Fehler habe er keine Zeit, einen Fehler mache man nur einmal, und danach sei Schluss.[23] Darüber hinaus zeigte sich, dass Dimitrije Donkić auch ein exzellenter Schauspieler war. Vor mir spielte er die Rolle des zornigen Großstädters, der mit seinem Albtraum, den Provinzlern, konfrontiert war. Dabei kam er aus einer serbischen Kleinstadt, aus Paraćin oder Kruševac, glaube ich. Offenbar war seine liebste Rolle jedoch die eines besorgten Vaters, der alles unternimmt, um den Zusammenhalt seiner Familie aufrechtzuerhalten. Wir – Redžep die Schlange, Goran die Zecke, Miša der Spatz und ich der Tiger – waren die Familie, um die sich Dimitrije der Waschbär kümmerte und die er vor den Unannehmlichkeiten der Außenwelt schützte. In dieser Menagerie spielte offensichtlich jeder von uns eine, vielleicht auch zwei Rollen, wodurch ein enges Netz aus Zwischenbeziehungen entstand, das von Anziehung und Abstoßung geprägt war. Manchmal erschien mir alles wie eine Eisfläche, vor der wir alle mit zitternden Knien verharren, bevor wir sie zum ersten Mal in unserem Leben betreten. Stürze waren unvermeidlich, aber sie unterschieden sich voneinander – es war eines, durch eine ungeschickte Bewegung oder durch den Verlust des Gleichgewichts zu stürzen, etwas ganz anderes war es, wenn jemand, der sich im Fall befand, einen anderen mitriss. Hoffentlich ist es mir jetzt gelungen, das einigermaßen zu schildern, aber ich schaffte es überhaupt nicht zu begreifen, wieso ein Mann wie Dimitrije Donkić auf Menschen anziehend wirkte, es sei denn, auch das war gespielt. Wenn ich so weitermache, werde ich mir noch einreden, dass ich bei einem Fortgeschrittenenkurs für Schauspielkünste war und nicht beim Militär. Wie auch immer, Dimitrijes Gestalt wuchs weiter, durchdrang und vereinnahmte uns und machte uns zu unfreiwilligen Komplizen (falls es so etwas überhaupt gibt), dank denen er immer sauber blieb, während wir mit weichen Knien und schmutzigen Händen dastanden und uns fragten, wie wir in so eine Lage geraten konnten. Aber da war es schon zu spät, Dimitrije hatte schon die volle Kontrolle über uns und bestimmte allein, wie unser Leben weitergehen sollte. Als ich schließlich diesen Albtraum loswurde, war der Weg hinter mir bereits mit Blut getränkt, und der Druck der Erinnerungen drohte mich auch weiterhin zu zermalmen. Ohne Mara, meine wunderbare Mara, hätte ich es wahrscheinlich nicht ausgehalten. Es war nötig, dass sie dem in meiner Hand zitternden Messer buchstäblich ihre Kehle hinhielt, damit mir klar wurde, dass ich, falls ich nichts unternahm, auf einem Weg war, von dem es keine Rückkehr gab. Damals hielt ich das Messer hoch, als sei ich Abraham, der im Begriff war, Isaak als Opfer darzubieten, und starrte auf Maras weißen Hals. Zuerst dachte ich, ich sollte aus Scham das Messer in mein Herz rammen, sah dann aber ein, dass mein Herz der einzige Zeuge war, der mich bis zu seinem Ende warnen würde. Ich warf das Messer weg, beugte mich hinab und küsste Maras Hals. Der war eigentlich die Brücke, über die ich zum Reich der Lebenden zurückkehrte, die Brücke, die mich vor der todbringenden Flut rettete. Das verstand ich, das war mir klar. Dagegen ist mir bis heute nicht klar, wie viel Dimitrije wirklich wusste, denn sein Schauspiel war so erfolgreich, dass ich glaubte, er sei imstande, sogar sich selbst reinzulegen. Gab es überhaupt den wahren Dimitrije Donkić,[24] oder blieb er irgendwo zurück, verdrängt durch seine vielen Rollen, die ein Eigenleben zu entwickeln begannen? Wenn er morgens aufsteht, fragte ich mich, wen sieht er da eigentlich im Spiegel? Miša und ich spielten unsere Rollen, ohne zu ahnen, dass er in der Rolle, die wir ihm zuteilten, uns zwang, den Part zu übernehmen, den er von uns erwartete. Nur eins wusste er nicht: Ob Miša tatsächlich Majk war, den er ausfindig machen sollte, oder nur einer der Schauspieler in unserem Theater. Um sich selbst die Arbeit zu erleichtern, nahm Dimitrije Donkić an, Miša sei wirklich Majk, und versuchte das mit allen Mitteln zu beweisen.[25] Ich nehme an, er ließ dann diese Information seinen Auftraggebern zukommen in Form eines leicht verschlüsselten Satzes wie: »Unser Mann ist eingetroffen« und wartete auf ihre Antwort. Ich konnte nicht wissen, wie die Antwort lautete, war aber sicher, dass sie keine Begriffe enthielt wie »töten«, »liquidieren«, »auslöschen«, »vernichten«, »Pistole«, »Kugel«, »Messer«, »mit allen Mitteln« oder »ohne Spuren zu hinterlassen«. Die Zeit verstrich, aber die Bestätigung von Dimitrijes Vermutungen kam und kam nicht, weder verschlüsselt noch unverschlüsselt. In der ganzen Sache hielt sich Miša glänzend und setzte regelmäßig die Maske guter Laune auf, vor allem wenn er mit den anderen Mitgliedern des Tierreichs zusammen war. Wenn wir beide allein waren, schossen Bitterkeit und Verzweiflung wie Schweiß aus allen seinen Poren. Er fühle, sagte er mir einmal in einer Konditorei, wie man seine Arme und Beine wringe, obwohl aus ihnen nichts mehr auszupressen sei. Man habe ihm, sagte er, alles Blut ausgesaugt. Wir tranken Boza und aßen Schaumschnitten, und da in der Konditorei erschien uns der ganze Militärdienst wie eine Farce, aber wir mussten zurück, eine andere Möglichkeit gab es nicht. Dort jedoch, in der Kaserne, liefen die Dinge nach ihrem eigenen Rhythmus, genauer gesagt in dem Tempo, das Dimitrije Donkić bestimmte. Er konzentrierte sich darauf, Mišas Vertrauen zu gewinnen. Die beiden sonderten sich ab, ließen uns allein, flüchteten in die Stadt, saßen beim Unterricht nebeneinander in einer Bank. Wenn ich ihn zufällig traf, behauptete er, Miša öffne sich ihm gegenüber immer mehr, aber trotz dieser Behauptung machte er gleichzeitig Stimmung gegen ihn, indem er Redžep und Goran mit erfundenen Geschichten fütterte über Mišas Intoleranz gegenüber allen Einwohnern Kosovos, ohne Rücksicht auf ihre nationale Zugehörigkeit. Redžep und Goran hörten ihm mit offenem Mund zu und nickten, als sei ihnen alles klar. Mich irritierte etwas anderes: Warum machte er Miša in meiner Anwesenheit schlecht? Er nahm bestimmt an, ich würde mindestens einen Teil des Gehörten Miša hintertragen, daran bestand kein Zweifel, wollte vielleicht aber prüfen, ob ich Miša ergebener sei als ihm. Ich war Miša natürlich mehr zugetan, doch verschwieg ich ihm manchmal etwas, vor allem wenn das Gespenst der Eifersucht auftauchte.[26] Dimitrijes Beharrlichkeit indes war, sowenig sie mir gefiel, völlig verständlich und sein Kalkül sehr einfach: Wenn ich nicht bald die Bereitschaft zeigte, mit ihm zusammenzuarbeiten, könne das nur eins bedeuten, nämlich, dass ich gegen ihn war. Ich versuchte, all das Miša zu erklären, aber es wollte mir nicht gelingen. Er verstummte jedes Mal, und damit war das Gespräch zu Ende. Außerdem trugen Dimitrijes Redekünste Früchte, und bei Miša gab es schon die ersten Anzeichen dafür, dass er von ihm eingenommen war. Redžep und Goran, die Schlange und die Zecke, zeigten keinen besonderen Unmut gegenüber Miša, aber es genügte, in ihre Augen zu schauen, um ihre starren, wütenden und strengen Blicke zu erkennen, die offensichtlich bereit waren, Pistolenkugeln zu ersetzen. Ja, nach außen waren wir eine harmonische Gruppe, aber in Wirklichkeit war man sich nicht sicher, wer wem zuerst an die Gurgel gehen würde. Die Frage, die mich noch immer quält, betrifft, wie ich bestimmt schon gesagt habe, den Anfang des gestörten Verhältnisses zwischen Dimitrije und Miša. Was hatte Miša bloß getan, dass er Dimitrije, genauer seine Auftraggeber, dermaßen gegen sich aufbrachte? Meine kluge Mara bemerkte einmal, dass es nicht um einen Konflikt zwischen unterschiedlichen Ideen und Meinungen ging, sondern um eine Auseinandersetzung zwischen Gleichgesinnten, der in der Regel eine äußerst blutige Lösung folge, bis wie bei einem Stück von Shakespeare am Ende niemand mehr am Leben sei. In solchen Auseinandersetzungen unterscheide sich der Verlierer nicht wesentlich vom Gewinner, und egal, wer siege, die Abrechnung mit den Verlierern sei immer gleich grausam. Ja, *sic transit gloria mundi*, das ist nichts Neues. An einem Tag bist du oben, am anderen unten, und wenn du geschickt genug bist zu überleben, wirst du wieder nach oben kommen und höchstwahrscheinlich jemanden nach unten befördern. Das ist übrigens die übliche Strafe für Ungehorsam gegenüber der Partei, wobei es keine Rolle spielt, ob es sich um eine rechts- oder linksorientierte Partei handelt. In solchen Parteisystemen kann jeder recycelt werden. Woher ich das weiß? Am besten sage ich es gleich: Auch ich war einst Mitglied der Kommunistischen Partei. Ich war natürlich ein Parteimitglied wie viele Studenten, vor allem solche, die von einer erfolgreichen Karriere ohne zu viel mühsames Lernen träumten. Zum Glück war ich ein kleiner Fisch im Parteienkosmos der Universität, ich konnte daher keinen Fehler begehen und mir dadurch meinen persönlichen Dimitrije auf den Hals laden. Nach dem Scheitern der Studentenproteste ging ich nicht mehr zu den Parteisitzungen, wie übrigens viele andere Studenten auch. Eine Zeit lang bewahrte ich noch mein Parteibuch auf, dann nahm ich eines Tages eine Schere und schnitt es in Stücke. Während ich diese auf dem Tisch verstreuten Schnipsel betrachtete, dachte ich, sie würden sich plötzlich von selbst zu einem Ganzen fügen, weil der Parteigeist mächtiger als alles andere und unzerstörbar war, aber die Papierfetzen lagen ruhig da, und als ich des Wartens auf das Wunder der Parteierneuerung müde wurde, warf ich sie in den Mülleimer.

Doch Miša, was wusste Miša und warum er für eine besondere Strafe vorgesehen worden war – das wollte mir nicht einleuchten. Die entsetzliche Wahrheit – sofern jede Wahrheit die wahre Wahrheit ist – bestand darin, dass er nichts Besonderes wusste, dass er keine besonderen Kenntnisse über andere Menschen, Tatsachen oder Ereignisse hatte. Er sollte nur als Beispiel dafür dienen, was mit denen geschieht, die den Mut hatten oder verrückt genug waren, zu versuchen, sich von dem System zu lösen. Aber die Bevölkerung wusste ohnehin nicht, was wirklich geschehen war, sodass Mišas Strafe eigentlich für niemanden eine Lehre sein konnte. Die Militärbehörden hatten schnellstens alles vertuscht, und so blieben die wichtigsten Informationen der breiteren Öffentlichkeit verborgen. Erst Jahre später, nach dem Zusammenbruch des politischen Systems, konnte man offen darüber sprechen, und doch blieben viele Inseln der Finsternis. Man versuchte, die Wahrheit über Personen zu verbergen, die das abgesetzte System unterstützt hatten und später dennoch behaupteten, viele Übeltäter seien über Nacht zahme Tierchen geworden, denen das alte System alles weggenommen habe, was sie mit Mühe erarbeitet hätten. Mara tröstet mich und behauptet, dass es nicht lohne, sich darüber zu ärgern, dass eines Tages alle Geheimnisse gelüftet würden, aber das kann mich nicht beruhigen. Der Gedanke daran, dass eines Tages ein Archäologe den Schlüssel für diese Geschichte finden wird, ist für mich kein Trost. Jede Geschichte hat ihre Zeit, und die Zeit für die Geschichte über Miša den Spatz ist gerade das Jetzt, dieser Augenblick. Das einzige Problem liegt darin, dass es eine vielschichtige Geschichte ist, die ständige Perspektivwechsel, Wiederholungen, Vergleiche und Überprüfungen erfordert, sodass sie sich, obwohl wir das gerne hätten, nicht von den übrigen Geschichten entfernen kann, so wie sich übrigens auch keine von diesen anderen Geschichten absondern und eine Geschichte für sich werden kann.[27] All diese Geschichten waren miteinander verwoben, so wie unsere Existenzen zu einem verworrenen Knäuel wurden, das man früher oder später mit einer Schere zerschneiden muss. Das hieß auch, jedes Ereignis konnte sich auf die unbeständigen Elemente dieses Knäuels auswirken. Die Unbeständigkeit ist manchmal die größte Beständigkeit, aber das war für mich kein Trost, zumal mir verschiedene Ereignisse durch ihre Explosivität bestätigten, dass der Ausbruch des Vulkans nur eine Frage der Gelegenheit war. So wollten wir zum Beispiel an einem Samstagnachmittag in die Stadt, und viele Soldaten stürmten den ersten Bus. In diesem Gedränge, in dem alle wie Sardinen dicht an dicht standen, platzte Dimitrije plötzlich der Kragen, er griff den vor ihm stehenden Kameraden an, nannte ihn eine Schwuchtel und schlug auf ihn ein. Ich versuchte, ihn zu beschwichtigen, packte seine rechte Hand, aber er machte eine halbe Drehung und versetzte mir mit der zur Faust geballten Linken einen heftigen Schlag. Der saß nicht präzise, lenkte Dimitrije aber wenigstens von dem Kameraden vor ihm ab. Danach drehte er sich zu mir um und entschuldigte sich mit einem nervösen Lächeln, aber seine Augen drückten nichts aus. Sie sahen unbeteiligt durch mich hindurch, und ich war sicher, dass sie mich nicht wahrnahmen. Das hätte ich als ein Zeichen deuten sollen, als einen Hinweis darauf, dass die Dinge sich beschleunigten, aber auch das hätte nichts geändert. Im Zentrum von Banja Luka stiegen wir aus. Redžep und Goran waren voller Lob für Dimitrije. Goran hob seine Fäuste wie zum Kampf und fragte Redžep, ob er gesehen hätte, wie Dimitrije den Schwulen zuerst mit der Linken, dann mit der Rechten getroffen habe. Redžep sagte, am besten sei es gewesen, als er den Soldaten zu sich hin drehte und ihm das Knie in die Eier rammte. Miša und ich schwiegen. Dimitrije ging hinter uns her wie ein Hirte hinter seinen Schäfchen und rief plötzlich, er lade uns alle in eine Konditorei zu einer Boza ein. »Verdammt«, sagte er, nachdem wir uns hingesetzt hatten, »der Schwule hat mich regelrecht zur Weißglut gebracht. Der wurde in dem Gedränge heiß und begann, mit seinem Arsch zu kreisen, als sei ich sein schwuler Partner. Schon früher ist er mir auf den Wecker gegangen. Ich kenne massenweise solche Studenten der Kunstakademie, alles lauter Schwuchteln.« Nach einer kleinen Pause fügte er hinzu: »Vor ein paar Jahren während der Demonstrationen waren sie die Schlimmsten.« Ich hoffte, Miša würde stillhalten, aber der konterte gleich, nicht alle Studenten der Kunstakademie seien so gewesen. Dimitrije war auf so eine Antwort vorbereitet und sagte: »Aber alle, die an den Demonstrationen teilnahmen, waren es. Lauter Schwuchteln waren das, nicht wahr Majk?« Miša gab mit keinem Zeichen zu erkennen, dass er seinen wahren Namen gehört hatte. Um ihm zuvorzukommen, wandte ich ein, dies könne man mit der Tatsache erklären, dass manche die Regierung von vorne und andere von hinten ändern wollten. Das sollte ein Scherz sein, aber keiner lachte. Eigentlich war es Dimitrije, der nicht lachte, und so lachten Redžep und Goran auch nicht. Dimitrije fuhr indes mit seiner Tirade fort und erzählte, was er tun würde, könnte er nur deren habhaft werden, die bei den Demonstrationen mitgemacht hätten. »Habt ihr überhaupt eine Vorstellung von dem Chaos«, sagte er, »das die angerichtet haben?« Redžep und Goran nickten zustimmend, als hätten sie die ganze Zeit während der Demonstrationen in den Korridoren der Philologischen Fakultät verbracht. Auch ich nickte für alle Fälle und hoffte, Miša würde begreifen, dass er dasselbe tun sollte. Dimitrije ließ nicht locker. Er redete davon, dass die Studenten ganz gewöhnliches Gesindel seien und dass man mit ihnen ein für alle Mal Schluss machen solle. Und wieder sagte er: »Was meinst du, Majk?« Miša sah ihn an und fragte, wer dieser Majk sein solle. »Über den sprechen wir später«, entgegnete Dimitrije und redete weiter. Er redete und redete wie aufgedreht, bis es Zeit wurde, uns zu trennen: Miša und ich gingen ins Kino, die anderen drei in ein Café am Rande der Stadt. Ich weiß nicht mehr, was wir gesehen haben. Wie die meisten Soldaten haben wir den größten Teil des

Films verschlafen. Miša begann während eines Augenblicks sogar zu schnarchen. Ich stieß ihn mit dem Ellenbogen an, er bewegte sich, und sein Kopf fiel auf meine Schulter. Wäre jetzt Dimitrije hier, dachte ich, würde er gleich sagen, dies sei der Beweis für die sexuelle Entartung der Studenten, aber er war nicht hier, und ich ließ Mišas Kopf auf meiner Schulter ruhen. Ich hatte allerdings vergessen, dass Dimitrije, wie er einmal selbst sagte, seine Augen und Ohren überall hatte. Schon am nächsten Morgen, als wir alle zum Frühstück gingen, bahnte er sich den Weg zu mir und sagte: »Bei euch beiden hätte gestern im Kino wenig gefehlt, und ihr hättet euch geküsst. Von Miša wusste ich das ja«, bemerkte er, »aber du hast mich überrascht, unangenehm überrascht.« Er kam näher und flüsterte mir ins Ohr, ich solle aufpassen, was ich tue. Ich erwiderte, ich hätte noch nie so gut aufgepasst, was stimmte, aber er irre sich, denn die Dinge stünden nicht so, wie er glaube. »Die Dinge sind so, wie ich sie beschreibe«, zischte Dimitrije, »oder einfacher gesagt, den Stand der Dinge bestimme ich.« Ich antwortete, die Philosophen dächten da anders und meinten, jeder von uns schaffe seine eigene Welt. Dimitrije tippte leicht gegen meine Stirn und sagte, ich hätte ihn nicht richtig verstanden, er schaffe die Welt für uns alle. »Und diese Philosophen«, fügte er hinzu, »kannst du dir in den Hintern stecken. Scheiße gehört zu Scheiße.« Von nun an herrschte im Tierreich keine Ruhe mehr, jeder knurrte jeden auf seine Art an. Dimitrije nutzte das geschickt aus und fachte seinerseits mit Geschichten von der studentischen Weltverschwörung das Feuer an trotz meines zaghaften Dagegenhaltens, dass es wesentliche ideologische Unterschiede gebe zwischen den studentischen Organisationen im Westen und denen, die es offen oder im Verborgenen im Osten gab. Das sei alles dieselbe Bande, sagte Dimitrije und drehte sich zu Redžep und Goran, von ihnen Zustimmung fordernd. Beide klatschten in die Hände, Goran rief sogar: »Tod den Studenten!« Die Schaffung einer vereinigten Front gegen Miša machte offensichtlich Fortschritte. Ich würde lieber von einer vereinigten Front »gegen Miša und mich« sprechen, aber gemäß einer Abmachung zwischen Miša und mir hielt ich oft zu denen, die gegen ihn waren. Damit wollte ich Dimitrije verunsichern, der ahnen musste oder sogar wusste, dass ich an den Protesten teilgenommen hatte, und glauben sollte, ich sei ins Wanken geraten und nun bereit, in sein Lager überzuwechseln. Zwei oder drei Mal führte er mit mir lange Gespräche, die mich an den Rand eines Abgrunds führten, da er stets verlangte, ihm mit Worten und Taten Treue zu bekunden. Nach jenem Vorfall im Kino jedenfalls vermied ich es, mich im Bereich der Kaserne mit Miša allein zu treffen, und auch unsere Begegnungen in der Stadt waren immer seltener. Manchmal trafen wir uns wie zufällig in der Post, wo wir Schlange standen, um mit Belgrad zu telefonieren, aber da gab es fast immer andere Soldaten, von denen ein jeder Dimitrijes Spion sein konnte. In Banja Luka, stellten Miša und ich fest, gab es zu viele Soldaten und zu wenige Gaststätten und Cafés, weswegen wir ständig nach neuen Möglichkeiten suchten, uns zu treffen. So versuchten wir es einige Male mit dem Verschwindenstrick: Wir fuhren wie alle anderen Soldaten in die Stadt, kehrten aber sofort wieder in die Kaserne zurück, wo es dann nicht schwer war, eine verborgene Ecke zu finden. Miša verwarf auch weiterhin meine Behauptung von den schlechten Absichten der übrigen Mitglieder des Tierreichs. Hätten sie etwas gegen ihn unternehmen wollen, wiederholte er, hätten sie es schon längst getan. Dimitrijes Intoleranz interpretierte er als die Haltung eines frustrierten Menschen, der die mittlere Schule nicht geschafft hat. Diese – falsche – Information hatte ihm übrigens Dimitrije selbst geliefert. Dann aber eines Tages, als wir uns wieder des Verschwindenstricks bedient hatten und aus der Stadt in die Kaserne zurückgekommen waren, lief uns ein offensichtlich verärgerter Dimitrije über den Weg. Als er uns erblickte, donnerte er gleich los: »Was ist, ihr Schwuchteln, wo wollt ihr hin? Wer von euch wird dem anderen den Arsch aufreißen?« Ich hatte schon längst gelernt, dass man auf seine Bemerkungen einfach nicht reagieren sollte, aber Miša wollte an jenem Tag nicht schweigen. »Hör auf mit diesen perfiden Unterstellungen«, sagte er, »damit gehst du mir echt auf die Eier.« Dimitrije erstarrte plötzlich und wollte wissen, was er gesagt habe. Miša erwiderte lachend: »Was ist los? Verstehst du manche Wörter nicht? Wärest du zur Schule gegangen, würdest du sie vielleicht kennen.« Dimitrije wurde rot, kratzte

sich am Kopf und ging auf Miša zu. Eine Weile muster-
ten sie einander, dann schlug Dimitrije Miša wortlos
mitten ins Gesicht. Miša geriet ins Wanken und fiel
langsam, als kapiere sein Körper erst nach und nach,
was geschah, zunächst auf die Knie, dann auf die Seite,
und bald lief ihm Blut aus der Nase. »Dafür kann ich
nichts«, sagte Dimitrije, »das hast du selbst gewollt.« Er
drückte ihm ein Päckchen Papiertaschentücher in die
Hand und half ihm aufzustehen. Miša murmelte, alles
sei in Ordnung, drehte sich um und ging. Ein paar Tage
sah ich ihn nicht, und als wir uns endlich vor der Kantine begegneten, war seine Nase noch immer geschwollen. Miša behauptete, sie sei in den letzten Tagen so groß
gewesen, dass er buchstäblich nicht weiter als bis zu seiner Nasenspitze gesehen habe. »Jetzt ist es besser«,
sagte er, »jetzt sehe ich wenigstens, mit wem ich rede.«
Dimitrije, Redžep und Goran überschlugen sich in
Liebenswürdigkeit gegenüber Miša. Goran brachte ihm
Kuchen vom Büfett, Redžep schleppte Obstsaft für ihn
herbei, Dimitrije erwähnte zum ersten Mal die Warm-
wasserquellen, die es an mehreren Orten in der Umgebung von Banja Luka gab. Er sprach von ihnen so, als
sei er deren Manager, er beschrieb sie, erzählte, wann sie
eingerichtet wurden, und erklärte, wie heilsam sie seien.
»Dort zu weilen«, sagte er, »kommt einem Aufenthalt
im Paradies gleich.« Er schlug vor, wir sollten alle zusammen zum Kurbad Gornji Šeher gehen, »um uns
dort dem Genuss hinzugeben wie einst die Türken«. In
der Tat konnte man dort das warme Wasser genießen:

Es zog die ganze Müdigkeit aus einem heraus, und nach dem Bad fühlten wir uns alle wie neu geboren. Dimitrije Donkić, der uns mit seinen Bemerkungen über »die Invasion der Homosexuellen« schon auf den Geist ging, störte es interessanterweise nicht, mit vier anderen nackten Männern zusammen im warmen Thermalwasser zu plantschen. Menschen wie Dimitrije sehen natürlich alles als das Ergebnis ihrer Absichten und Anweisungen an, und klassifizieren ein und dasselbe Ereignis auf völlig unterschiedliche Weise. Hätten etwa Miša und ich allein das türkische Bad besucht, hätte Dimitrije nicht mehr aufgehört, uns Vorwürfe zu machen; wäre er aber mit Miša oder mit mir hingegangen, wäre alles in bester Ordnung gewesen trotz der glänzenden nassen Hintern und des Baumelns der schlaffen Schwänze. Diese baumelten stark hin und her, wanden sich und hüpften. Der von Redžep war ohne Frage der größte, so groß, dass es einem unangenehm war hinzusehen. Den zweitgrößten hatte Miša, was Dimitrije wahrscheinlich auch gegen den Strich ging, wie absurd das auch klingen mag. Ich war an der vierten, Goran an der letzten Stelle, aber uns beide betrübte das nicht. »Ein Schwanz ist ein Schwanz, das ist die Hauptsache«, sagte Goran, »und keiner kann daraus etwas anderes machen. Hätte Gott gewollt, dass ich anstelle des Schwanzes einen Spaten habe, hätte er es so eingerichtet.« Dimitrije klatschte in die Hände und sagte, er würde dies gerne sehen, nämlich »einen Spaten anstelle des Schwanzes!« »Oder eine Schaufel!«, schaltete sich

Redžep ein. »Oder ein Nudelholz!«, rief Miša aus. Ja, wir waren fröhlich und ausgelassen. Schließlich stahlen wir dem lieben Gott den Tag, warteten darauf, dass der Militärdienst zu Ende ging und wir nach Hause zurück durften. Damals war das Soldatenleben nicht hart, denn trotz der gelegentlichen Vorträge darüber, dass wir uns durch nichts und niemanden überraschen lassen dürften und dass der Feind nie schlafe,[28] geschah nichts Bedrohliches. Wir lernten einiges über die Waffen und fast gar nichts über die Taktik der Kriegsführung, und als die ersten Monate der Grundausbildung vorbei waren, verwandelten sich die Soldaten in einen Haufen Faulpelze, die, sobald sie stehenblieben oder sich hinsetzten, augenblicklich in Schlaf sanken. Die Armee war damals ein Witz wie viele andere Dinge in unserem ehemaligen Land auch. Sie mag ideal gedacht gewesen sein, war in der Praxis aber nutzlos. Und ich bin überzeugt, dass viele in der Armee beschäftigte Menschen sich dessen ebenfalls bewusst waren und sich nur verstellten, während sie an nichts anderes dachten als daran, wie viele Jahre ihnen noch bis zur Rente verblieben. Ich erwähne das, weil ich einfach nicht daran glauben mag, dass hinter dem, was passierte, das Militär stand. Natürlich schert sich keiner um meine Meinung, die einer gewissen Nostalgie nach dieser Institution entspringt, die naturgemäß der wesentliche Faktor bei der Aufrechterhaltung der idealisierten Einigkeit sein sollte. Ich möchte gern sagen können, dass nichts von dem, was geschah, mit dem Militär zu tun hatte, dass

Dimitrije Donkić vielmehr den Militärdienst für die Ausführung seines abscheulichen Auftrags gewählt hatte. Hätte er dasselbe Spiel in einer Stadt, vor allem in Belgrad, inszeniert, wäre es zu labyrinthisch ausgefallen, und sowohl die Jäger als auch die Gejagten hätten sich dabei verirrt. Das bedeutet nicht, dass es in kleineren Städten wie Banja Luka keine Labyrinthe und Parks mit sich verzweigenden Wegen gab. Banja Luka, noch von der Erinnerung an das tragische Erdbeben gezeichnet, wirkte zu jener Zeit wie eine Stadt im Westen, deren Geist, deren Herz jedoch im Osten war. Als ich mehrere Jahre später mit ihr darüber sprach, bestätigte mir meine Mara, dass ich recht hatte und dass sogar sie, die in einer, wie sie sagte, »nachweislich serbischen Familie« geboren wurde, nicht den geringsten Wunsch verspürte, die, wie sie sie nannte, »muslimische Sanftmut« abzulegen, die zu einem unverzichtbaren Bestandteil von ihr geworden war. »Der Geist des Ortes, der zum Geist des Körpers geworden ist«, schrieb sie auf den Einband des Romans *Frost* von Thomas Bernhard, den ich ihr geschenkt hatte mit der Absicht, ihren Lesegeschmack zu beeinflussen. Aber Maras Geschichte ist noch nicht an der Reihe, obwohl ich mich auch bisher nicht an die Reihenfolge gehalten habe und vielmehr dem Rhythmus des Erzählens gefolgt bin, wohl wissend, dass ich dabei vieles auslassen musste. Dagegen kann man nichts tun. Die Ereignisse hängen nicht von unserem Erzählen ab, was nicht heißen soll, dass wir nicht versuchen können, sie in die gewünschte Rich-

tung zu lenken.²⁹ Dimitrije Donkić versuchte vergebens, aus mir die Bestätigung dafür herauszupressen,
dass Miša an der Spitze des studentischen Widerstands
gestanden hatte, denn ich vermied es geschickt, auf
seine Fragen einzugehen. Am Ende fand Dimitrije den
Weg zu dem erforderlichen Zeugen, an den bis dahin
niemand von uns gedacht hatte. Das war Branislava,
Mišas Freundin in Belgrad. Ich erinnere mich, dass ich
an einem Samstag am Eingang zum Postamt mit Miša
zusammenstieß. Ich wollte telefonieren, Miša hatte
offensichtlich gerade sein Gespräch beendet, das, nach
allem zu urteilen, unangenehm gewesen war, denn er
war völlig verstört und wusste kaum, wovon er redete.
Es gelang mir, ihn ein wenig zu beruhigen und zum
Restaurant des Hotels Bosna zu bringen. Wir bestellten
Kaffee und Kuchen und sahen zu, wie sich der Abend
über Banja Luka senkte. Es lasse sich in dieser Stadt
ganz gut leben, sagte ich damals zu Miša, allerdings
nicht als Soldat, sondern als freier Mensch. Miša nickte
und meinte, über Banja Luka könnten wir uns bei einer
besseren Gelegenheit unterhalten, jetzt müsse er mir
etwas anderes sagen. Gut, erwiderte ich, mehr konnte
ich nicht sagen. Miša setzte mehrere Male an, wurde
aber jedes Mal aufgeregt, verlor den Faden und begann
von vorne. Schließlich kam heraus, dass seine Freundin
Branislava ihm erst an diesem Tag eröffnet hatte, dass
sie schon seit mehreren Wochen mit seinem besten
Freund beim Militär in Verbindung stehe.³⁰ Sie habe
ihm bisher nicht davon erzählt, weil er, Mišas bester

Freund, ihr gesagt habe, das könne sich schlecht auf ihn, Miša, auswirken. »Und wer soll bitte mein bester Freund beim Militär sein?«, fragte Miša. Als sie Dimitrijes Namen nannte, dachte er, sagte Miša, er würde in Ohnmacht fallen, eine bittere Flüssigkeit stieg ihm aus dem Magen hoch und füllte seinen Mund, während sich seine Stirn mit »eiskalten Schweißperlen« bedeckte. Indessen erzählte Branislava, sein bester Freund meine, er, Miša, habe es schwer in Banja Luka. Miša versuchte ihr zu erklären, dass Dimitrije nie sein bester Freund war, worauf Branislava sagte, Dimitrije habe sie darauf aufmerksam gemacht, dass er, Miša, versuchen würde, ihr zu versichern, er sei nicht sein bester Freund. »Er macht sich so viel Sorgen um dich und um deinen Gemütszustand«, wiederholte Branislava mehrmals, sagte Miša, und er, Miša, spreche so schlecht von ihm, dass er sich schämen solle. Zum Glück, fügte sie hinzu, würde sie ihn nächste Woche wieder in Belgrad treffen, dann wolle sie ihm seine, Mišas, Haltung erklären. Dass sie sich wieder träfen, sagte Miša und sah mich an, könne nur bedeuten, dass sie sich schon öfter getroffen hätten, oder? »Und dann sagte sie mir etwas«, fuhr Miša fort, »was ich befürchtet hatte. Sie habe Dimitrije gesagt, sagte sie mir, ich sei seit den Studentenunruhen nicht mehr derselbe Mensch.« »Also«, sagte ich, »jetzt weiß er alles?« »Jetzt weiß er alles«, sagte Miša und verkrampfte sich auf seinem Stuhl. Er fragte mich, was jetzt zu tun sei, und ich versicherte ihm, alles werde wieder in Ordnung kommen, und bis Dimitrije Donkić sich einen anderen Lauf der Dinge ausdenke, werde bestimmt noch einige Zeit vergehen. Dabei dachte ich jedoch nicht an Redžep und Goran. Schon am nächsten Tag begannen sie sich nach einem gespielten Streit vermeintlich zu raufen, und als Miša herbeieilte, um sie voneinander zu trennen, wandten sie sich vereint gegen ihn. Redžep packte ihn von hinten und hielt seine Arme fest, sodass Goran ihn ungestört mit Fausthieben traktieren konnte. Ich stand etwas abseits, aber statt dazwischenzugehen, rief ich ihnen mit fast weinerlicher Stimme zu, ich würde, falls sie nicht aufhörten, den diensthabenden Offizier holen, wovon sich jedoch weder die Schlange noch die Zecke beeindrucken ließ. Dann erschien Dimitrije der Waschbär und befahl ihnen, aufzuhören. Goran boxte Miša trotzdem noch zweimal in den Bauch, dann breitete Redžep die Arme aus, und Miša sackte wie eine Stoffpuppe zu Boden. Während er da stöhnte, standen wir um ihn herum und schwiegen. Es gab auch gar nichts zu sagen. Ich beugte mich hinab, half Miša aufzustehen und brachte ihn zur Toilette, um sein blutverschmiertes Gesicht zu waschen. Danach dachte ich, jetzt wäre der richtige Augenblick, Čeda aufzusuchen. Čeda war der Lagerverwalter unserer Kompanie, und wenn man mich noch einmal zum Militär einberufen sollte, wäre ich damit nur einverstanden, wenn man mir den Posten des Kompanielageristen gäbe, eine der besten Stellen, die ein Soldat bekommen kann. Auch der Posten des Kompanieschreibers ist einflussreich, weil er den engsten Kontakt zu den leitenden Personen garantiert, aber der Posten eines Lagerverwalters beinhaltet noch viel mehr. Der Verwalter hat nicht nur gute Beziehungen zu den Kompanieoffizieren, er kommt mit den verschiedenen Segmenten der Kasernenpopulation in Berührung. Gleichzeitig genießt er großes Ansehen bei den Soldaten, denn er kann viele Probleme lösen, vom Besorgen einer zusätzlichen Sturmhaube bis zum Kühlen von Wassermelonen, vom Auftreiben von Ersatz für verlorene Gewehrteile bis zum Leihen von Geld. Darüber hinaus ist sein Magazin der ideale Ort zum Aufbewahren alkoholischer Getränke, von Zigarettenreserven und, falls mich mein Geruchssinn nicht täuschte, auch von Haschisch.[31] All das hatte natürlich seinen Preis, wie übrigens alles in der Armee, die dem Namen nach eine »Volks«armee war, in der Praxis aber wie jedes System aufgrund von Angebot und Nachfrage, also wie eine klassische kapitalistische Einrichtung, funktionierte. Nirgendwo waren die Unterschiede zwischen den Menschen so stark ausgeprägt wie in der Armee, wo wir doch alle gleich sein sollten. Stattdessen kamen hier alle – gesellschaftlichen, materiellen und sogar rassischen – Ungleichheiten zum Vorschein. Daraus schöpfte der Lagerverwalter seine große Macht. Er stand als eine halbdurchlässige Membran zwischen den gewöhnlichen Soldaten und den Berufsoffizieren und machte die verschiedensten Formen des Austauschs zwischen ihnen möglich, darunter auch solche, die in illegale Sphären reichten, was jetzt, nach allem, was sich in unserem ehemaligen Land abgespielt hat, ohnehin unwichtig ist. Damals jedoch war das ein wesentlicher Faktor, der einen Ordnungsruf oder eine Strafe zur Folge haben konnte, was eine delikate Situation für alle darstellte, auch für den Lagerverwalter, dessen Existenz stets an einem dünnen Faden hing. Ich erzähle das, um zu verdeutlichen, warum ich mit dem verstörten Miša dem Spatz dorthin ging: Das war ein Raum, der für Dimitrije den Waschbären und die übrigen Mitglieder des Tierreichs unzugänglich war. Außerdem war Čeda ein zwei oder drei Jahre jüngerer Kerl aus meinem Viertel, der dasselbe Gymnasium besucht hatte wie ich. Jedenfalls saßen Miša der Spatz und ich auf irgendwelchen Paletten bei Čeda dem Lagerverwalter, tranken Schnaps aus meiner Flasche und knabberten an seinen Salzstangen, während ich versuchte, zu erzählen, was geschehen war, ohne ihm wirklich etwas zu sagen. Möglicherweise hatte ich mir zu viele Sorgen gemacht, jedenfalls atmete ich auf, als Čeda bei der Erwähnung von Dimitrijes Namen ungehalten wurde. »Das ist vielleicht ein Saukerl«, sagte er, »mir fehlen die Worte, ihn zu beschreiben. Ihr beide seid befreundet, aber sei vorsichtig, er ist mit allen Wassern gewaschen und unterhält Kontakte zu allen und jedem. Achte darauf, was du in seiner Gegenwart sagst, auch wenn er dein Freund ist.« Ich sagte, Dimitrije sei nicht mein, sondern Mišas Freund. »Der geht mir am Arsch vorbei«, sagte Miša daraufhin. Er hatte drei Gläschen Schnaps intus und seine Zunge war schon etwas schwer geworden. »Er kann mir einen blasen.« Er stand auf und wollte den Hosenschlitz öffnen. »He, lang-sam«, sagte Čeda, »wir beide sind nicht von denen.« Miša hielt inne, sah ihn eindringlich an und griff nach der Flasche, aber Čeda war schneller und brachte die Flasche aus seiner Reichweite. Dann blickte Miša mich eindringlich an. »Mit deinem Čeda ist nicht zu spaßen.« Er schmatzte und rülpste einmal. »Schaffe ihn weg von hier«, rief Čeda, »er soll woanders kotzen.« Er schob uns hinaus und fügte hinzu: »Gib mir Bescheid, sollte es mit dem Lump noch Komplikationen geben. Ich warte nur drauf, ihn zur Schnecke zu machen.« Ich habe ihm nie Bescheid gegeben, und jetzt frage ich mich, ob nicht alles anders gekommen wäre, hätte ich Čedas Angebot angenommen. Er hätte Dimitrije Donkić vielleicht nicht in den Boden gestampft, wie er behauptete, aber allein schon sein Widerstand und die offene Konfronta-tion hätten ihn bestimmt etwas verunsichert. Mir bleibt nur, mich über meine eigene Ohnmacht und Unent-schlossenheit zu wundern, was mich aber nicht von Schuld freispricht, falls es wirklich eine Schuld gibt. Unzählige Male habe ich diese Geschichte neu durch-lebt, von ihr geträumt, sie mir vorgestellt, aufgezeichnet und geschildert, und jedes Mal kam ich zum Schluss, dass Dimitrije der Waschbär mich verschonte, weil er alles als meine Idee und meine Tat hinstellen wollte, weil er mit anderen Worten zeigen wollte, dass auch ich zu den Anführern der Studentenbewegung gehört hatte. Man wusste nämlich genau, dass es an der Spitze des studentischen Protestes, ähnlich wie bei den Kommunisten, mehrere Fraktionen gab, und dass es zwischen einigen von ihnen sogar zu tätlichen Auseinandersetzungen gekommen war. Dimitrije der Waschbär wollte zeigen, dass ich auch dabei und eigentlich an all dem schuld war, was sich in der Kaserne abspielte, sich selbst hingegen nur als unwilligen Mittäter hinstellen.[32] Das stimmte natürlich nicht, aber bis es mir gelungen wäre, es zu beweisen, hätte ich Wellen des Verdrusses und des Unverständnisses jener naiven Gemüter über mich ergehen lassen müssen, die einst glaubten und es auch heute noch tun, dass damals, zur Zeit der Studentenproteste des Jahres 1968, ein zermürbender Kampf um die Demokratie geführt wurde, obwohl von Demokratie keine Rede war. Es wurden zwar Veränderungen verlangt, aber ausschließlich innerhalb der Kommunistischen Partei, deren Sturz jedoch gar nicht zur Debatte stand. Deswegen übrigens hatte Tito so lange geschwiegen: Es war das erste Mal, dass er keine umfassende Information bekommen hatte und nicht gleich wusste, wer mit ihm und wer gegen ihn war. Wahrscheinlich hatte er sich deswegen später persönlich an die Studenten gewandt. Er übermittelte damit eine doppelte Botschaft, einerseits an die Studenten, andererseits – und das war viel wichtiger – an die Personen, die, obwohl Parteimitglieder, danach trachteten, ihm ein Messer in den Rücken zu stoßen. Tito wusste natürlich, dass die Studenten seine Erklärung akzeptieren würden (die er wie ein erfahrener Schauspieler mit so viel Geschick vorbrachte, dass es aussah, als sei er wirklich unsicher), weil sein persönlicher Geheimdienst hervorragende Kontakte zu vielen Studenten und deren Führern hatte, woraus sich seine zweite, eine unausgesprochene Botschaft ergab, für jene bestimmt, die daran glaubten, dass die Studentenproteste der erste Schritt zu seiner Absetzung waren. Seht an, gab Tito ihnen damit zu verstehen, seht an, wie ich ganz allein, ohne jegliche Hilfe, etwas gestoppt habe, was sich zu einer richtigen Revolution hätte auswachsen können. Und wenn ich das ganz allein geschafft habe, könnt ihr euch vorstellen, wie leicht ich mit euch fertig würde. Solche Mahnungen werden akzeptiert und beachtet, was nicht heißt, dass am Ende alle dasselbe denken. Manchmal genügt es, ein Wort zu sagen und dadurch jedes Bestreben zunichtezumachen, die Dinge in günstigem Licht erscheinen zu lassen. Man spricht zum Beispiel gewöhnlich davon, dass die studentischen Unruhen ohne viele Opfer zu Ende gegangen seien, was gar nicht stimmt. Es stimmt nur, dass es bei direkten Auseinandersetzungen zwischen den Studenten und der Miliz nicht viele Opfer gab, aber um deren genaue Zahl zu ermitteln, müsste man auch all die hinzurechnen, die in den darauffolgenden Jahren bei den Auseinandersetzungen zwischen den verschiedenen Parteiflügeln sowie zwischen verschiedenen persönlichen und staatlichen Geheimdiensten ihr Leben verloren. Einige sprechen von Hunderten Toten, wobei sie an die zahlreichen unaufgeklärten Morde und verschwundenen Personen in Jugoslawien, Europa und Australien denken. Aber wie man es auch betrachtet, die Zahl ist nicht gering und steigt sogar noch. Dimitrije Donkić ist ein gutes Beispiel dafür. Ich meine natürlich, für einen solchen nachträglichen, späteren Tod im Zusammenhang mit den Unruhen von 1968. Die Spannungen drohten damals, einen gewaltigen Sturm heraufzubeschwören und eine schreckliche Verwüstung in der Partei anzurichten, weswegen es (wie einige Kenner meinen) nötig war, etwas Großes zu veranstalten, etwas, das die Aufmerksamkeit auf sich lenken würde. Die Kommunisten mochten öffentliche Skandale nie leiden, vor allem nicht, wenn es um blitzartige innerparteiliche Liquidierungen ging. Deshalb wurde in der Studentenstadt geschickt eine Auseinandersetzung mit den Studenten und den Aktivisten inszeniert, nur dass die Miliz, als die Reihe an sie kam, ihre Rolle zu ernst nahm und es mit dem Prügeln übertrieb. Nachdem sich das mehr oder weniger beruhigt hatte, schloss man einen Nichtangriffspakt, die Miliz sollte die Kolonne der Demonstranten die Unterführung in Neubelgrad passieren lassen, doch dann wurde wieder eine Auseinandersetzung provoziert, und wieder ging die Miliz zum Angriff über, wobei sie ohne Bedenken von Schusswaffen Gebrauch machte. Die Demonstranten stoben auseinander, und die Parteifunktionäre überboten sich mit gegenseitigen Schuldzuweisungen. Hier mache ich einen Punkt, denn ich will nicht die Geschichte der Kommunistischen Partei Jugoslawiens nacherzählen und auf sie ein neues, wenn auch kleines Licht werfen, da es kompetentere Kenner gibt, darunter auch solche, die Teil der ganzen Inszenierung gewesen waren. Ich möchte nur eines betonen: Die Studentenproteste waren kein spontaner Ausbruch des Zorns und kein Ausdruck des studentischen »Wunsches nach sozialer Gerechtigkeit«, wie das ein Deuter unserer Geschichte behauptet. Die Studenten wurden geschickt geködert mit einer fast theaterreifen Geschichte von angeblichen Ungerechtigkeiten, damit sie eine Art Nebelwand bildeten, hinter der die wahre Vorstellung stattfand, d. h. die Abrechnung im Kern, im strengsten Zentrum der Partei. Diese Nebelwand war bald überflüssig, denn die Liquidierungen hörten plötzlich auf. Rächer vergessen jedoch nie, und so wurden noch Jahre später einzelne Professoren bestraft, mehrere Studentenführer verhaftet oder vertrieben, viele Spione enttarnt. Am Ende schwappte diese Rachewelle über den Zaun und verselbstständigte sich. Ich vermute, dass Dimitrije der Waschbär einer dieser Rächer war und dass er Miša den Spatz als sein Opfer ausgewählt hatte, nicht etwa weil Miša etwas Bestimmtes während der Proteste getan hatte, sondern weil wahrscheinlich jemand, dem Dimitrije nahestand, bei den Säuberungen nach den Protesten liquidiert worden war. Die Rache ist blind, und Dimitrije bemühte sich keinen Augenblick, hinter den richtigen Wert und den Sinn seines Vorhabens zu kommen. Er lebte ohnehin in einer Welt, in der die Kraft des Stärksten, die Gewandtheit des Klügsten und die Pfiffigkeit des Schlausten geschätzt wurde. All das sind nur Vermutungen, das ist mir klar, aber etwas Nachweisliches hatte ich nicht in der Hand, weder damals, als ich mitten im Geschehen steckte, noch jetzt, da ich mich am Rande der Ereignisse befinde. In einem bestimmten Augenblick kam mir der Gedanke: »Wenn Mara mich verlässt, bleibt mir nichts anderes übrig, als mich umzubringen.« Da begriff ich, dass Mara und ich irgendwohin weit weg gehen mussten, wo uns niemand kannte und wo wir niemanden kannten. Ich dachte an Neuseeland und Australien, aber die Prozedur zur Erlangung der Einwanderungsdokumente war zu kompliziert und zu langwierig, deshalb gingen wir nach Kanada, nach Toronto, und blieben dort. Aber das ist eine völlig andere Geschichte,[33] die man auf eine ganz andere Art erzählen muss, daher ist es besser, ich führe zunächst diese zu Ende. Falls sich dann später Zeit für eine neue Geschichte ergibt, wird alles unschwer seinen Platz finden. Jener Tag jedenfalls – der Tag, als Miša erfuhr, dass seine Freundin Branislava sich mit Dimitrije Donkić traf, als Goran die Zecke und Redžep die Schlange ihn brutal zusammenschlugen und ich wie verzaubert dabei stand und mir alles ansah – jener Tag bestätigte endgültig, dass die Zukunft nicht mehr das war, was sie früher war, und dass selbst die Vergangenheit nicht ganz sicher vor Veränderungen sein konnte. Damals erkannte ich zum ersten Mal, dass sich früher oder später alles in sein Gegenteil verkehrt, dass gute Träume kürzer sind als schlechte und dass es nie endende Albträume gibt. In den folgenden Tagen konnte ich beobachten, mit welcher Leichtigkeit sich der Mensch selbst auslöscht, denn das war ich im Begriff zu tun. Der Waschbär verlor keine Zeit. An einem Frühlingsabend spielten wir Volleyball: die Mannschaft des Tierreichs mit noch zwei Soldaten aus unserer Kompanie gegen die Köche. Der Sieger sollte ein Tablett voller kleiner Schalen mit Milchreis, bestreut mit einer dünnen Schicht Zimt, bekommen, und das Spiel lief gut, bis der Waschbär auftauchte und den Milchreis als Preis ablehnte, weil er, wie er sagte, keinen Zimt mochte. Die Köche waren verärgert, das Spiel wurde unterbrochen, und es begannen lange, lautstarke und überflüssige Diskussionen, die von gelegentlichem Anrempeln und Sich-auf-die-Brust-Klopfen begleitet waren. In einem Augenblick, als Miša dem Waschbären vorwarf zu übertreiben und ihm empfahl, »mit dem Scheiß aufzuhören«, blieb dieser plötzlich stehen, stieß den Koch, mit dem er bis dahin gestritten hatte, beiseite, kam auf Miša den Spatz zu, fragte ihn: »Hast du eben etwas zu mir gesagt?«, und schlug ihm, bevor der Spatz überhaupt antworten konnte, mit der Faust in die Magengrube. Der Schlag war heftig, man konnte hören, wie dem Spatz die Luft aus der Lunge entwich, danach klappte er zusammen und stürzte zu Boden. Das Spielfeld leerte sich sofort. Plötzlich hatten es alle eilig, und nach wenigen Minuten waren dort nur noch die Mitglieder des Tierreichs. Wir bildeten einen Halbkreis um Miša den Spatz. Eigentlich standen wir drei – die Zecke, die Schlange und ich – auf einer Seite, während sich der Waschbär uns gegenüber befand. Wir starrten Miša an, der Waschbär starrte uns an. Miša sah niemanden an, er stöhnte nur und versuchte regelmäßig zu atmen. »Jetzt genug mit dem Scheiß«, sagte der Waschbär und versetzte Miša einen Tritt. »Los, steh auf!« Miša rührte sich langsam, stützte sich auf die Hände und versuchte, sich zu erheben. Als sein Körper gerade dabei war, sich vom Boden zu lösen, und einen Bogen bildete, stieß der Waschbär mit dem Fuß gegen seine Hand, und Miša plumpste zurück auf den Boden. Als er den Kopf hob, war seine Wange zerkratzt, und aus seiner Nase lief Blut. Kaum hörbar fragte er den Waschbären: »Was hast du, Mann, warum hast du mich auf dem Kieker?« Der Waschbär antwortete: »Das ist ein offizieller Besuch. Von jetzt an wirst du nur sprechen, wenn ich es dir erlaube, ist das klar?« Miša wischte mit dem Handrücken das Blut von der Nase und sagte mit unglaublich ruhiger Stimme: »Fick dich, du Idiot, wer bist du schon, dass du mir vorschreibst, wann ich sprechen darf?« »Wer ich bin, wer ich bin«, machte sich der Waschbär lustig, »gleich wirst du sehen, wer ich bin«, und begann, Miša den Spatz mit Fußtritten zu traktieren. Miša kauerte sich zu einer Kugel zusammen und bedeckte den Kopf mit den Händen. Der Waschbär beugte sich schließlich über ihn, strich ihm übers Haar und flüsterte: »Wenn es dich wirklich interessiert, wer ich bin, frage Branislava, sie kennt einige Einzelheiten, die dir nicht gefallen werden.« Dann schaute er uns drei an. »Gehen wir«, sagte er, »der Spatz wird uns schon von allein nachflattern.« Die Schlange und die Zecke folgten ihm sofort, ich zögerte. Ich ging sogar auf Miša zu. Dann aber blieb ich stehen, denn ich hörte die Stimme des Waschbären: »Tiger«, sagte er, »dafür hast du keine Eier. Es wäre für dich besser mitzukommen.« Ich warf noch einen Blick auf Miša und beeilte mich, die anderen einzuholen. Wie habe ich mich damals gehasst! Hätte ich mir ins Gesicht spucken können, hätte ich es da getan. Ich trottete hinter dem Waschbären, der Schlange und der Zecke her, murmelte etwas in meinen Bart und drehte mich ab und zu um, um das Häufchen von Mišas Leib am Boden zu sehen. Alles Mögliche ging mir durch den Kopf und mündete langsam in einer Feststellung, in einem kurzen Satz, der alles umfasste und den mein ganzer Körper ständig wiederholte. Der Satz lautete: »Ich bin ein Feigling.« Ja, richtig, ich brauchte mich nicht zu schämen, ich hatte Angst vor Dimitrije und wusste, dass er es auch wusste. Deshalb traute ich mich nicht, zu Miša zu gehen, der zusammengeschlagen auf dem Volleyballplatz lag. Es reichte, dass ich mir Dimitrijes gegen mich erhobene Faust vorstellte, und augenblicklich rutschte mir das Herz in die Hose. Selbst damals war ich imstande, ihm allerlei ins Gesicht zu schleudern, allerdings nur in Gedanken. Äußerlich betrachtet war ich ein Schatten, ein dunkler Abglanz eines Menschen, der sich bemühte, sowohl auf Pfaden als auch auf Abkürzungen voranzukommen. Ich hatte keinerlei Vorstellung davon, wohin Dimitrije uns führte, gelegentlich glaubte ich sogar, er treibe nur einen Spaß mit uns und wir würden auf Umwegen zum Volleyballplatz zurückkehren und dort Miša vorfinden, der uns fragt: »Wo bleibt ihr denn so lange?« Wir kamen jedoch nicht zum Ausgangspunkt zurück, wir blieben hinter einer Baracke stehen, aus der ein entsetzlicher Gestank drang, als sei sie voller Tierkadaver. Dimitrije holte Zigaretten hervor und bot sie uns allen an. Obwohl ich kein richtiger Raucher war, zündete ich mir eine an, nur um den Gestank zu überdecken, der mir den Atem nahm. Während ich an der Zigarette zog, wusste ich eigentlich nicht, ob mich mehr der Rauch oder der Gestank störte, und konnte einen Hustenanfall nicht unterdrücken. Ich hustete so stark, dass Goran die Zecke meinte, ich würde, falls ich die Zigarette nicht wegwürfe, bestimmt bald krepieren. »Vielleicht will der Kerl ja auch krepieren«, meldete sich Dimitrije, »warum mischst du dich da ein?« Ich erklärte ihnen, ich hätte die Zigarette angezündet, um wenigstens einigermaßen gegen den üblen Gestank anzukämpfen, der so schlimm sei, dass ich wahrscheinlich mit der Zigarette oder ohne sie gehustet hätte. »Das gefällt mir«, sagte Dimitrije, »der Mann hat sofort den Kern der Sache erfasst.« Redžep die Schlange verkündete laut, er habe ihn ebenfalls erfasst, denn »hier stinkt es wie drei Mösen zusammen«. Dimitrije bemerkte spöttisch, Redžep wisse nicht einmal, wie eine, geschweige denn wie drei Mösen röchen. »Lassen wir also«, fuhr er fort, »die Mösen beiseite, schauen wir uns lieber das an, wovon man lebt.« Er musterte jeden von uns. »Ich habe euch hierher gebracht, damit ihr wisst, wie ihr stinken werdet, sollte euch einfallen, so wenig auf mich zu hören wie der Spatz. Ich hoffe, jetzt ist das allen klar, auch Miša.«[34] Er sah mich an, meinte, wir beide müssten noch miteinander reden, schickte dann die Schlange und die Zecke, um nach Miša zu sehen. Wenn wir nicht bald diesen Ort verließen, sagte ich zu ihm, würde ich ihm direkt auf die Schuhe kotzen. »Das möchte ich gern sehen«, sagte Dimitrije, rückte aber dennoch etwas von mir weg. Er starrte mich mit unverhohlener Neugier an, als erwarte er, dass ich einen Feuerball oder glühende Lava ausspuckte. Stattdessen stieß ich nur einen leisen Rülpser aus. »Was ist denn«, sagte Dimitrije enttäuscht, »nix mit Kotzen?« »Entschuldige«, sagte ich und dachte, ich sei wirklich ein Idiot, wenn ich mich noch dafür entschuldigte, nicht gekotzt zu haben. Ich fragte Dimitrije, worüber er mit mir reden wolle, und er antwortete mit der Gegenfrage: »Willst du etwa behaupten, es nicht zu wissen?« Das klang nicht wie eine Frage, sondern eher wie eine Warnung, weswegen ich nicht wusste, wie ich ihm am besten antworten sollte: bejahend oder verneinend oder schweigend. Dann aber entschloss ich mich zu meiner eigenen Überraschung zu einer Lüge. »Ich weiß es«, sagte ich, und Dimitrije fügte sofort hinzu: »Dann weißt du auch, was sein muss.« Ich sah ihn lange an und fuhr langsam, fast feierlich, mit dem Zeigefinger quer über meinen Hals. Gespannt sah ich Dimitrije an, und er sagte: »Genau das.« Danach prustete er los, als hätte er den gelungensten Witz aller Zeiten zum Besten gegeben. Vielleicht hätte ich damals die Kraft aufbringen und ihn mit bloßen Händen erwürgen sollen, aber der Feigling in mir sagte: »Sei nicht dumm, er ist stärker!«, und ich tat nichts. Hätte ich es versucht, wäre vielleicht alles anders gekommen, aber dafür musste man an das Konditional glauben, das beste Mittel, die Wirklichkeit zu verkomplizieren. Dimitrije liebte es, im Konditional zu reden, weil er überzeugt war, die völlige Kontrolle über alle gewonnen zu haben. Ich versuchte nicht, ihn vom Gegenteil zu überzeugen. Jeder Mensch hat doch das Recht auf seinen Irrtum, natürlich unter der Bedingung, dass dies kein Freibrief dafür ist, andere Personen zu misshandeln. Dimitrije Donkić war gerade so jemand, genauer gesagt, er hatte zwar keinen Freibrief, aber einen Passierschein, der es ihm ermöglichte, jederzeit Zutritt zu den Orten der Misshandlung zu haben. An einem dieser Orte sah ich mich selbst, weil ich nicht im Traum daran dachte, zu tun, was Dimitrije von mir verlangte, und das konnte nur eines bedeuten: dass ich einer der Misshandelten sein würde. Da begriff ich endlich seine Strategie: Ihm ging es nicht einfach darum, die Vollstreckung der Strafe in die Länge zu ziehen, Dimitrije Donkić wollte vielmehr den Genuss am Leiden anderer Menschen maximal auskosten. Klar, er war ein Psychopath, der Befriedigung darin fand, Menschen verbal und mental zu Tode zu quälen. Aber wem hätte ich das melden können? Wie konnte ich wissen, wer mit wem in Verbindung stand, wer wen befehligte und wer dafür zuständig war? Beim Militär weiß man genau, wer die Kommandos erteilt und wer sie befolgt, obwohl sich, meist wegen einiger unangenehmer Vorkommnisse, die das Ansehen der Armee schmälerten, in der Öffentlichkeit die Meinung festgesetzt hatte, dass es über dem Kommandanten immer noch einen Kommandanten gibt und dass nicht jeder Offizier schuldig ist, nur weil er zu den Befehlenden gehört, beziehungsweise dass es nicht stimmt, dass jeder Soldat *nur* seine Pflicht tut. Unter ihnen gab es auch welche (und die wird es immer geben), die ohne Bedenken den Verlockungen nachgaben und entsetzliche Lösungen fanden etwa für die beschleunigte Ausrottung der Personen über fünfundsiebzig oder für das Sterbetraining in Schwimmbecken mit eiskaltem Wasser. Das waren alles, natürlich, gestörte Personen, Irre, die man in psychiatrische Behandlung schicken sollte, und Dimitrije Donkić war der größte unter ihnen, einfach weil er neben uns war. Ihn für verrückt zu erklären hätte aber bedeutet, ihn weitgehend von der Verantwortung freizusprechen und mit noch viel mehr Macht auszustatten. Nein, dachte ich, Dimitrije ist nicht verrückt, sonst wäre alles, was jetzt geschah, chaotisch und unberechenbar, wohingegen ich die ganze Zeit spürte, dass es hinter allem eine Logik und eine Ordnung gab. Ich wusste nicht, warum ich so dachte, aber das war weniger wichtig. Ein Gefühl, an dem ich zu ersticken drohte und das mich gelegentlich abends nicht einschlafen ließ, dieses Gefühl sagte mir, dass fast nichts, was Dimitrije Donkić bis jetzt getan hatte, zufällig war, dass im Gegenteil alles miteinander verbunden war und man nur herausfinden musste, wie und wo. Was mich verwirrte, war die beinahe offene Zuneigung, die Dimitrije für mich zeigte, eine Zuneigung, die ankündigte, dass er bald von mir erwarten würde, etwas für ihn zu tun. Ich dachte natürlich nicht an die Geste, mit der ich mir symbolisch die Kehle durchgeschnitten hatte. Dimitrije hätte bestimmt nicht gezögert, jemanden zu töten, in der Hinsicht brauchte er entgegen seinen Worten keinen Helfer. Aber was erwartete er dann von mir? Dass ich ihm definitiv Mišas Identität bestätigte? Dass ich ihm einen weiteren Namen verriet, von dem er vielleicht noch nicht wusste? Von diesen Fragen getrieben, gelangte ich zur Bücherei, aber Miša war nicht dort. Ich ging in Richtung Empfang am Eingang der Kaserne, bog dann plötzlich ab zur Cafeteria, kippte zwei Bier in mich hinein und ging, rannte beinahe wieder in Richtung Bücherei. Genaugenommen lief ich in der Kaserne hin und her wie ein Tiger in seinem Käfig: vom Zaun auf der einen bis zum Zaun auf der anderen Seite, fand aber keine Spur, die mich zu Miša führte. Ich dachte, das ist ein gutes Zeichen, denn womöglich hat man ihn in ein Krankenhaus gebracht, aber ein anderer Gedanke kreiste ebenfalls in meinem Kopf herum, der Gedanke, dass sich etwas Böses ereignet habe und Goran die Zecke und Redžep die Schlange darin verwickelt seien. Je mehr Zeit verstrich, ohne dass jemand von ihnen auftauchte, desto sicherer war ich, dass Miša etwas unbeschreiblich Schlimmes zugestoßen war, und als ich dann plötzlich auf die drei – Miša, Redžep und

Goran – stieß, die eingehakt langsam dahinschritten, war ich schon derart verwirrt, dass ich sie fragte, wo Miša sei. Sie sahen mich verwundert an, dann hob Miša mit Mühe die Hand und winkte mir, während sein Gesicht sich zu einer Grimasse verzog, die wohl ein Ersatz für das Lächeln sein sollte. Sein Gesicht war unförmig geworden und blutverschmiert, ein Auge geschwollen und ganz zu, seine Lippen waren gesprungen und vom Schmerz verzerrt. Ich fragte, warum sie Miša nicht in seinen Schlafraum gebracht hätten, und Redžep sagte, Dimitrije habe ihnen befohlen, so lange mit Miša spazieren zu gehen, bis sie müde würden. Frische Luft, soll er gesagt haben, täte ihnen allen gut. Ich sagte darauf, ihnen täte Erholung in einem Irrenhaus gut, und riss ihnen Miša aus den Händen. Sollte jemand nach ihm fragen, flüsterte ich vertraulich Redžep und Goran zu, könnten sie ihm sagen, ich hätte ihn in seinen Schlafraum gebracht. Miša ging nur langsam, stolperte, murmelte unverständliches Zeug und stöhnte. Ich tröstete ihn die ganze Zeit und versicherte ihm, es habe sich um ein Missverständnis gehandelt, das wir klären würden, sobald er sich erholt habe. Als wir uns dem Gebäude näherten, in dem sich sein Schlafraum befand, begann Miša zu zittern, und man konnte ihn in noch so viele Decken packen, das Zittern hörte nicht auf. Ich lief schnell zu meinem Schlafraum, nahm ein Aspirin aus dem Spind, zerbröselte es in ein wenig Wasser und überredete Miša schließlich, es zu trinken. Inzwischen sprach er wieder, aber seine Worte waren nicht zu verstehen. Ich setzte mich an sein Bettende, legte meinen Kopf in die Hand und schlief in dieser Stellung ein. Ich konnte mich nie mehr erinnern, wie ich an diesem Abend zu meinem Schlafraum zurückgefunden hatte, doch ich wurde dort wach, als die Trompete zum Morgenappell ertönte. Ich sah Miša, der langsam, einen Fuß vor dem anderen, das Gebäude verließ und seinen Platz im Glied einnahm. Als wir zum Frühstück aufbrachen, ging ich auf ihn zu. Sein Gesicht war noch geschwollener als am letzten Abend, und jetzt hatte er zwei blaue Augen, die beide fast ganz geschlossen waren. Dennoch behauptete er, es gehe ihm viel besser. Er wollte nach dem Frühstück angeblich zum Arzt gehen, aber nur um den Kompaniechef zu beruhigen, der hartnäckig fragte, was passiert sei. Beim Frühstück schaffte er es, eine Tasse Milchkaffee zu trinken und ein halbes Hörnchen mit Honig zu essen, bevor er zum Arzt ging. Ich konnte ihn nicht begleiten, weil der Kompaniechef uns angewiesen hatte, unsere Spinde in Ordnung zu bringen. Seit sich das Wetter gebessert hatte, erledigten wir diese wöchentliche Aufgabe hinter dem Gebäude, auf der Wiese. Jeder musste seinen Spind vom Korridor zu einer dafür vorgesehenen Stelle auf dem Rasen hinaustragen und dort vollständig leeren. Danach musste man alles auf die bestmögliche Art ordnen und stapeln, wobei man nie sicher sein konnte, ob man den Kompaniechef zufrieden stellen würde. Er kam, ging vor dem Spind in die Hocke und schaute hinein, als befände er sich vor dem Eingang in das Dunkle Reich. Es genügte eine Kleinigkeit – etwa schief gestapelte Strümpfe –, dass alles wieder auf dem Gras landete. Wenn er einen unerlaubten Gegenstand einschließlich Lebensmittel und Süßigkeiten entdeckte, kassierte er ihn. Man erzählte sich, dass er alle diese Dinge mit nach Hause nahm, wo sich angeblich auch eine große Sammlung von pornografischen Zeitschriften und Fotos befand, die er den Soldaten abgenommen hatte. Keiner hatte das natürlich je gesehen, weil niemand auch nur den Versuch machte, solche Gerüchte zu überprüfen. Die Lage beurteilte ohnehin der befehlende Offizier, über den sein befehlender Offizier wachte und so weiter, was letztlich bedeutete, dass jeder schon im Voraus frei von Schuld war,[35] da er notfalls immer dem die Schuld geben konnte, der das Kommando hatte, und bedenkt man die lange Kette der Kommandohierarchie, verschwand die Schuld im Dunst sicherer Entfernung, den niemand näher zu durchleuchten wagte. Ich weiß nicht, warum ich das alles erzähle. Die Armee ist ohnehin eine Welt für sich, ein eigenartiger elitärer Albtraum, selbst wenn sie sich Armee des Volkes nannte wie einst die Jugoslawische Volksarmee, die ruhmreiche JNA. Das Volk waren wohl wir, die gewöhnlichen Soldaten, aber gerade die gewöhnlichen Soldaten hatten kaum die Möglichkeit, etwas zu ändern, und versuchten es deshalb erst gar nicht. Weder sie noch ich. Außerdem ist das hier, wie Mara mir schon einige Male vor Augen führte, keine soziologische Studie, es ist nur die Aufzeichnung einer Erinnerung, was bedeutet, dass sie wie jede Erinnerung nicht genügend rein, nicht genügend genau und nicht genügend verlässlich ist.[36] Alles mag sich so abgespielt haben, wie ich mich entsinne, aber es ist genauso gut möglich, dass nichts so geschehen ist. Jede Erzählung ist nur eine ihrer Möglichkeiten und der Ausdruck ihres Wunsches, wenigstens einem Leser zu gefallen, das heißt wenigstens einem Leser in Erinnerung zu bleiben. Was man vergisst, existiert nicht mehr. Die Überraschung in den Augen von Dimitrije Donkić, während er sich meine Darstellung anhörte, war echt, denn er hatte tatsächlich alles vergessen gehabt. Ich will damit nicht behaupten, dass es möglich ist, einen Mord zu vergessen, es sei denn, er wurde im Zustand seelischer Zerrüttung begangen, aber ich glaube, dass es einfach unmöglich ist, einen *bestellten und geplanten* Mord aus dem Gedächtnis zu löschen. Dimitrije Donkić hat zweifellos an das Gegenteil geglaubt. Während ich ihn daran »erinnerte«, was in der Kaserne in Banja Luka vor etwa vierzig Jahren geschehen war, spielte ein spöttisches Lächeln um seine Lippen, vor allem wenn sein Blick auf Mara fiel, die abseits saß und in ihrer zitternden Hand die Pistole hielt. Ich wusste, dass er, wenn er es gewollt hätte, ihr die Pistole hätte entreißen können, aber genauso wusste ich, dass er es nicht tun würde. In seinen Waschbärenaugen war nicht mehr der alte Glanz. Er war an das Ende seines Wegs gelangt und wollte nicht mehr zurück. Aber wohin hätte er auch zurückgehen sollen? Draußen herrschte eine andere Wirklichkeit, und man musste den Weg gehen, den noch niemand bis zu Ende erkundet hat. Auch wir werden das nicht schaffen, aber zumindest werden wir alle Bahnen erforschen, auf denen sich sein Geist bewegte, wenn man das überhaupt Geist nennen kann. Ein Schatten zeigte sich am jenseitigen Ufer, ein anderer hockte auf dieser Seite, dann hob der erste Schatten den Arm und streckte ihn in Richtung des anderen Schattens aus. Daraufhin gab es einen Knall, ein Feuerstrahl blitzte auf, der zweite Schatten kam ins Wanken, neigte sich zur Seite und fiel, und als ich die Augen öffnete, erinnerte alles an Jackson Pollocks abstrakte Gemälde, mit dem Unterschied, dass die neuen Muster und Kleckse alle von derselben blutroten Farbe waren.[37] »Es ist aus«, sagte Mara. »Nein«, entgegnete ich ihr, »jetzt erst fängt alles an.« Dieselben Worte sagte ich Miša, nachdem er von der Ambulanz zurückgekommen war. Der Soldat, ein Medizinstudent, der in der Ambulanz arbeitete, hatte ihm Tabletten gegeben und geraten, kalte Umschläge auf die schmerzenden Stellen zu machen. Wenn die Schwellung weg sei, sagte er zu Miša, und er noch Beschwerden habe, aber nur dann, solle er wieder kommen, und er werde überlegen, was man weiter unternehmen könne. »Ich hoffe«, sagte Miša damals, »dass dieser Irrsinn aufhört.« Ich sah ihn an, schüttelte den Kopf und sagte: »Nein, jetzt erst fängt alles an.« Zu meiner großen Überraschung begann Miša zu flennen. Er verfluchte diejenigen, die ihn zum Militärdienst gezwungen hatten, denn jeder, der Verstand hatte, hätte begreifen müssen, dass dies für ihn ein zu großes Risiko war. Er schimpfte auch auf Dimitrije Donkić und auf das System, das nicht in der Lage war, einen solchen Trottel aus seinen Reihen zu entfernen, und es jedem Dahergelaufenen erlaubte, sich als Soldat einer ehrenhaften, in der Hölle des Zweiten Weltkriegs geschmiedeten Armee darzustellen. Ich ging neben ihm her und schwieg. Ich wusste, was danach folgte: Nach den lautstarken Beschimpfungen nahmen die Schmerzen bei Miša zu, und er flennte nicht mehr, sondern wimmerte. Außerdem verlangte er hartnäckig, wir sollten zur Bücherei gehen, obwohl es für ihn am besten gewesen wäre, sich hinzulegen, sich mit Medikamenten vollzustopfen und sich dem Schlaf zu überlassen. Doch Miša blieb stur und gab keine Ruhe, bis ich ihn zur Bücherei brachte. Er ließ mich die Tür aufmachen, zog sie dann hinter sich zu, nachdem er geäußert hatte, ich solle ihn in einer Stunde abholen, so lange wolle er in Ruhe die Zeitungen lesen. Auf dem Weg zu meinem Schlafraum schnaubte ich vor Wut. Ich merkte nämlich, wenn auch ziemlich widerwillig, dass Miša begann, mir auf die Nerven zu gehen. Vor allem ging mir seine fast immer unbesiegbare Hartnäckigkeit auf den Wecker. Mara ist zum Beispiel auch hartnäckig, aber sie gibt immer nach, wenn der Gesprächspartner ihr den Beweis liefert, dass sie nicht im Recht ist. Wir wären nie nach Nordamerika gekommen ohne ihre hartnäckige Beharrlichkeit bei der Beschaffung der Einwanderungspapiere. Von Bedeutung war auch die Tatsache, dass sie in Banja Luka geboren war, denn das brachte uns zusätzliche Pluspunkte für die engere Auswahl ein. Jeden Tag stand sie Schlange vor der amerikanischen und der kanadischen Botschaft, bis sie die Aufmerksamkeit der richtigen Person auf sich gezogen hatte. Wir hofften auf die Vereinigten Staaten von Amerika, bekamen aber Dokumente für Kanada und redeten uns nach anfänglichem Bedauern ein, dass es so besser sei.[38] Man bot uns auch Arbeit in Saskatchewan an, aber wir beschlossen, in Toronto zu bleiben. Am schönsten sind die Städte, in denen man jederzeit untertauchen kann, und ich begriff sehr schnell, dass Toronto, verzweigt wie das Delta eines großen Flusses, der ideale Ort zum Untertauchen war. Ich nehme an, dass dies seinerzeit auch Dimitrije den Waschbären angezogen hatte, so etwas wollte er sich bestimmt nicht entgehen lassen. Obwohl er offiziell nicht gesucht wurde, war er sicher ständig bereit, wenn nötig im nächsten Unterschlupf zu verschwinden. Niemand hatte ihn gefunden, weil ihn auch niemand gesucht hatte. Er verriet sich selbst, als er in Maras Blickfeld trat. Er sei sogar stehen geblieben, erzählte mir Mara später, als wollte er ihr die Möglichkeit geben, sich ihn genau anzusehen. Und sie sah ihn sich ganz unverschämt an, als wäre er eine Puppe in einem Schaufenster mit Herrenbekleidung. Aber erst als er sich, da er ihren Blick spürte, umdrehte, sah Mara seine Waschbärenaugen und machte sich sofort auf die Suche nach mir. Ich saß dort, wo ich ihr gesagt hatte, dass ich sein würde: im nahe gelegenen Starbucks, bereits beim zweiten Cappuccino. Sie kam auf mich zu, rot im Gesicht und atemlos, und da sie keine Luft bekam, schleppte sie mich ans Fenster und zeigte auf einen Mann, der gerade über die Straße ging. »Dieser Mann«, brachte sie endlich hervor, »hat Augen wie ein Waschbär.« Dann begann sie zu weinen. Frauentränen sind an keinem öffentlichen Ort erwünscht, und als ich mich umdrehte um hinauszugehen, spürte ich Dutzende von vernichtenden Männer- und Frauenblicken auf mir. Jemand sprach Mara sogar an und fragte, ob sie Hilfe brauche. »Alles in Ordnung. Alles ist in bester Ordnung«, antwortete sie und trieb mich zur Eile. Beim Verlassen des Cafés hatte ich den Eindruck, wir würden ihn in dem Samstagsgewühl nie mehr finden, in dieser Menge von Menschen, denen der Krieg, der bis vor einigen Jahren auf dem Balkan tobte, völlig gleichgültig war. »Schneller«, wiederholte Mara, »schneller, sonst entwischt er uns.« Sie hüpfte die ganze Zeit und stellte sich auf die Zehenspitzen, überzeugt, so besser zu sehen. Dann entdeckte sie ihn wirklich und führte mich zu ihm, so wie ein Dackel sein Herrchen zu einem Wachtelnest führt. Unterwegs schob sie ihre Pistole in meine Jackentasche. Die hatte sie sich vor etwa sechs Monaten besorgt, nachdem ein junger Mann ihr einfach die Geldbörse aus den Händen gerissen und sich seelenruhig und ungeachtet ihrer Rufe entfernt hatte. Damals sagte ich ihr, es sei schrecklich, dass sie eine Pistole besitze und sie ständig in ihrer Handtasche mit sich führe, doch jetzt drückte ich sie voller Dankbarkeit und zwang mich zu einer Entschuldigung bei Mara.[39] Ich entdeckte einen schmalen Durchgang zwischen zwei Geschäften, kam ganz nahe an Dimitrije Donkić heran und drückte ihm den Pistolenlauf in die Rippen. Er stöhnte leise auf und richtete seinen Blick auf mich, aber ich schob ihn weiter, bis wir beide zu Boden fielen. Er versuchte gar nicht zu kämpfen, sondern starrte mich, dann Mara, dann wieder mich an. Er machte den Eindruck, als verstünde er nicht, was um ihn herum geschah, aber ich hütete mich davor, das für bare Münze zu nehmen. Ich brauchte übrigens nicht sein ganzes Bewusstsein, sondern nur einen Bruchteil davon, der auf die Frage, wer er sei, ohne Umschweife antworten würde: »Dimitrije Donkić«. Wir schoben uns an geparkten Autos vorbei und dort, in einer Ecke voll welker Blätter und zerrissener Zeitungen zwang ich ihn, auf die Knie zu gehen und sich einen guten Teil dieser Erzählung anzuhören. Währenddesen holten nur zwei oder drei Personen ihre Autos ab, und ich bin sicher, dass keine von ihnen uns wiedererkennen würde. Wenn er redete, wurde Dimitrije irgendwie immer kleiner, immer blasser und durchsichtiger, und ich fragte mich einen Moment lang: Was wenn er sich in ein Baby zurückverwandelt? Dann hörte er auf zu reden und begann wieder zu wachsen. »Sag ihm was, erzähle ihm was«, wiederholte Mara aufgeregt hinter mir. Die Pistole tanzte in meiner zitternden Hand, ich dachte schon, ich könne es nicht tun, aber dann berührte Mara meine Schulter, und das reichte, dass meine Hand ruhig wurde und ich den Pistolenlauf auf ihn richten konnte. Der Schuss ertönte, Blut spritzte überall hin, der Körper des Waschbären fiel in sich zusammen wie ein schlecht gebautes Haus, und wir konnten endlich weiterziehen.[40] Maras Hartnäckigkeit, das musste ich zugeben, erwies sich wieder einmal als die richtige Methode zur Bewältigung schwer lösbarer Probleme im Unterschied zu Miša, dessen Hartnäckigkeit die Anzahl der Probleme nur noch größer werden ließ. Auf jeden Fall herrschte in der Kaserne jetzt eine trügerische Ruhe. Miša sah ich selten, genauer gesagt, ich war bemüht, ihn möglichst wenig zu sehen. Eines Abends erschreckte er mich sogar, als er plötzlich aus einem Gestrüpp neben dem Gehweg heraussprang. Auf seinem Gesicht war immer der gleiche Ausdruck, er haftete daran wie eine klebende Maske, sogar wenn er lachte, was immer seltener vorkam. Deshalb musste ich tun, was ich in Toronto getan habe. Ich lief nämlich Gefahr, unter der Dichte und der Last all dieser Vorkommnisse zu ersticken, ich konnte nicht länger alles mit mir herumtragen, ich wurde zu schwer, meine Beine zitterten, ich kam mir vor wie ein an Parkinson Erkrankter, gefangen zwischen der vom Medikament versprochenen Erleichterung und dessen nicht eingehaltener Wirkung. Ich kann nicht sagen, dass es sich um eine Option handelte, denn ich hatte keine Wahl, genauer gesagt, auf der einen Seite war ich, auf der anderen gab es niemanden, wodurch sich merkwürdigerweise alles wiederum auf mich reduzierte, und das war unerträglich, denn zwischen sich und sich zu wählen ist eine teuflisch schwierige Sache. Eigentlich ist jede Sache, bei der der Teufel seine Finger im Spiel hat, außerordentlich schwierig, und deshalb zweifele ich nicht daran, dass sich in dieser Erzählung Teufelswerk verbirgt. Es mag sein, dass ich nicht imstande bin, das genau aufzuzeigen, doch ebenso gut ist es möglich, dass keine Genauigkeit nötig ist, denn diese teuflische Angelegenheit steckt entweder alle oder niemanden an. Aber lassen wir den Teufel, sonst kommt am Ende noch heraus, dass er an allem schuld ist. Das ist er aber nicht. Mitten in diesem Entsetzen hockte Dimitrije, und kein anderer konnte seinen Platz einnehmen. Möglicherweise handelte er anfangs in jemandes Namen, erfüllte Aufgaben, die ihm jemand diktierte, aber ganz sicher ist, dass er im gegebenen Augenblick entschlossen war, alle verbliebenen Verbindungen abzubrechen und sich zu verselbstständigen. Warum? Das werde ich wahrscheinlich nie erfahren. Ich weiß nur, dass Dimitrije Donkić nach mehreren Tagen der Stille, ohne Worte, Gesten und irgendwelche Anzeichen einen fest vorgesehenen Tag ankündigte für die Geschichte über ein Massaker an verschiedenen Wildtieren und Sorten Gemüse, einschließlich völlig leergeräumter Gurkenbeete. Von all dem waren nur die Gurken wirklich. Verteilt auf zwei, drei wahre Berge auf dem Betonboden vor der Küche wurden sie zum Köder für jedes Lebewesen. Gurken und Paprikas. Für Paprikas könne er sterben, sagte mir einmal Dimitrije, als wir durch die Straßen von Banja Luka schlenderten. Wo waren wir an jenem Tag nicht alles gewesen, wir stapften durch tiefen Schnee, dann überraschte uns eine Eisschicht auf einem seichten Bach, die unter unseren Schritten zu knistern anfing, wir aber gingen fest entschlossen weiter, und plötzlich landeten unsere Füße im Wasser, das so kalt war, dass wir meinten, sie würden verbrennen. Mir blieb sogar ein Schuh im Schlamm stecken, aber Dimitrije ging zurück und holte ihn, wischte ihn am Gras sauber und überreichte ihn mir wie der Prinz dem Aschenputtel sein gläsernes Schühchen. Ob er damals voller Begeisterung von dem großen Spaß sprach, den er in den türkischen Bädern veranstalten wollte, oder ob das viel früher war, weiß ich jetzt nicht mehr. Er erläuterte mir jedenfalls, was für Wettbewerbe er zu organisieren gedachte, wie viele Mannschaften daran teilnehmen sollten, er breitete mir seine Idee aus, eine Rock'n'Roll-Frauenband einzuladen, die in Bikinis auftreten würde. Er erzählte mir noch vieles, aber bald stellte sich heraus, dass dies nur ein weiteres Spiel von ihm war, von dem allein er behauptete, es sei gut gewesen.[41] »Von wegen gut«, hätte Mara gesagt, wenn sie das gehört hätte. Sie wusste immer genau, um was und um wen es ging, aber leider war sie nicht mit uns beim Militär, obwohl sie einmal, als sie klein, ja geradezu winzig war und im Park spielte, auf einen Soldaten aufmerksam wurde, der mit offenem Mund und etwas hervorlugender Zunge rücklings auf einer Parkbank lag. Sie ging langsam auf ihn zu, beugte sich über ihn und flüsterte ihm etwas ins Ohr, was den Soldaten zum Lachen brachte und ihn bewog aufzustehen. Nie erfuhr man, warum sich das so abgespielt hatte, noch was sie einander gesagt hatten, aber dafür erinnere ich mich gut an den Tag, den Dimitrije der Waschbär gleich nach dem Morgenappell als einen besonderen Tag ankündigte, einen Tag der Erholung und des Vergnügens für alle Mitglieder des Tierreichs. Nach dem Mittagessen verteilte er an uns Passierscheine mit der gefälschten Unterschrift des diensthabenden Oberleutnants und verkündete, am nächsten Tag lade er uns nach Gornji Šeher ein, zunächst zum Bad im Hammam, dann zu Ćevapčići. Morgen Mittag, lautete unsere endgültige Verabredung, treffen wir uns an der Bushaltestelle gegenüber der Kaserne. Am folgenden Tag, genau am Mittag, stand ich an der Haltestelle, aber in der nächsten halben Stunde erschien dort kein Mitglied des Tierreichs, und so, aus Angst, es könnten Offiziere auftauchen, die oft eine oder zwei Stunden vor dem Ende der Dienstzeit die Kaserne verließen, nahm ich den erstbesten Bus und stieg dann in einen anderen um, der mich in die Nähe der Thermalbäder brachte. Dort wollte ich am Eingang eine Eintrittskarte lösen, aber der Mann, der sie verkaufte, winkte mich durch und sagte, für mich sei bereits bezahlt. Ich solle mich nur beeilen, fügte er hinzu, die anderen seien schon seit einer halben Stunde da. Ich bedankte mich und nahm den schmalen Pfad, der zum größten der Bäder führte. In meinem Kopf schwirrten viele Fragen, aber als ich das Bad betrat, waren mir alle Antworten klar. Miša der Spatz kniete nämlich im Wasser, das ihm bis zur Schulter reichte, seine Nase und seine Lippen bluteten, um ihn herum hüpften und grölten Goran die Zecke und Redžep die Schlange und versetzten ihm gelegentlich Fausthiebe oder Fußtritte. Dimitrije der Waschbär betrachtete alles von der vorletzten Stufe aus, sein Gesicht war zu einem schiefen Lächeln erstarrt, als säße er in einem eiskalten Gebirgsbach und nicht im warmen Wasser. Als ich eintrat, blickten alle vier zu mir, allein die Augen von Miša dem Spatz verweilten etwas länger auf mir, und der Schmerz, den sie ausdrückten, veranlasste mich, schnell mein Hemd aufzuknöpfen und die Schuhe auszuziehen. In dem Augenblick meldete sich Dimitrije der Waschbär. »Versuch es ja nicht!«, sagte er. »Und frag nicht, worum es geht, sondern tue einfach nicht, was du vorhattest zu tun.« Ich stellte die Schuhe auf den nassen Beton und spürte, wie meine Beine vor Aufregung zitterten. Ich machte den Mund zu einem Schrei auf, aber aus ihm kam kein Laut. Ich drehte mich wieder zum Wasserbecken hin, genau in dem Augenblick, als Goran die Zecke Miša unter Wasser tauchte und sich dann mit der Hilfe von Redžep der Schlange auf ihn stellte. Miša strampelte mit Armen und Beinen, war aber nicht stark genug, um sich von Gorans Last zu befreien. Ich sah Dimitrije an, aber er hob nur seinen Zeigefinger und bewegte ihn links-rechts. »Sieh mich nicht so an«, sagte er, »hier hat jeder das Recht, seine Gefühle auszuleben. In solchen Situationen ist die Kontrolle zwangsläufig begrenzt, denn es muss einen Augenblick geben, in dem die Menschen auf eine manchmal völlig unkonventionelle Weise ausdrücken dürfen, was sie belastet.« Ich lachte. »Dies ist es also, was Goran gerade Miša antut? Mir sieht es eher aus, als wolle er ihn umbringen.« Dimitrije blickte uninteressiert in ihre Richtung und rief dann: »Das genügt, Zecke. Lass den Mann Luft schnappen.« Gleich darauf tauchte Mišas Kopf aus dem Wasser. Mit weit geöffnetem Mund versuchte er möglichst viel Luft in die Lunge einzusaugen. Dann torkelte er zu dem seichteren Teil des Beckens und setzte sich auf den Boden. »Weißt du«, sagte Dimitrije, wobei unklar blieb, an wen er sich wandte, an Miša oder an mich oder vielleicht an uns alle, »manche Menschen begreifen einige Dinge überhaupt nicht. Du kannst es ihnen zigmal wiederholen, du kannst den Blickwinkel des Erzählens wechseln, mit Musikbegleitung reden oder ohne, bei einem Feuerwerk oder keinem, es ist vollkommen egal, denn nichts dringt in ihr Bewusstsein. Anstatt eine Membran zu sein, die ihnen hilft, ihren Platz in der Welt zu finden, verwandelt sich ihr Bewusstsein in eine undurchlässige Wand, die ihnen nur ein einziges Maß und nur eine einzige Sicht der Welt erlaubt und sie alles Übrige als einen Ausdruck von Feindseligkeit empfinden lässt. Stell dir zwei von jenen Steinköpfen auf der Osterinsel vor, wie sie einander angreifen und so lange miteinander kämpfen, bis einer von ihnen rückwärts auf den Boden stürzt und sich nicht mehr aufzurichten vermag. Dem steht eine ganze Ewigkeit bevor, die er, den Sternenhimmel anstarrend, verbringen wird, glücklich, wenn ab und zu eine Wolke über ihm dahinzieht und in sein Leben, wenn das überhaupt ein Leben ist, ein wenig Abwechslung bringt.« Er verstummte, und sein Gesichtsausdruck besagte, dass auch er selbst von seiner Beredsamkeit überrascht war. Wir alle waren überrascht, sogar Miša starrte ihn mit offenem Mund an, aber was sollte das bedeuten? Es klang ein wenig wie eine Warnung, aber an wen und warum, das war mir nicht klar. Wenn diese Worte sich auf einen Menschen in diesem Bad bezogen, dann auf ihn, denn keiner hatte so verknöcherte Ansichten wie er. Und besonders absurd an der ganzen Geschichte war, dass Dimitrije der Waschbär und Miša der Spatz auf der gleichen Seite standen und sich für dieselbe Sache einsetzten, nicht für eine echte Veränderung, sondern für den Erhalt der bestehenden Ordnung der Dinge.[42] Mit den jetzt schon weit zurückliegenden Studentenprotesten wollten wir weder die Welt verändern, noch ein neues politisches System einführen, wir verlangten lediglich Änderungen in der Vorgehensweise der Partei, gegen die wir, ehrlich gesagt, nichts hatten, während Dimitrije jemandes Aufträge ausführte, der ebenfalls nicht gegen die Partei war, aber um seine Stellung bangte, falls unser, wenn auch bescheidener Reformvorschlag angenommen würde. Es geschah jedoch etwas anderes, etwas, womit, wie ich schon sagte, niemand gerechnet hatte: Dimitrije entzog sich jeder Kontrolle und fasste die ihm anvertraute Aufgabe als eine persönliche Abrechnung auf, bei der er allein über die Schuld und das Strafmaß zu entscheiden hatte. Dann aber, als hätte er meine Gedanken gelesen, sah er mich mit seinen Waschbärenaugen an und sagte: »Es ist Zeit! Wer etwas zu sagen hatte, hat es gesagt. Wer geschwiegen hat, soll auch weiterhin schweigen.« Er musterte mich von Kopf bis Fuß. »Und warum hast du dich noch nicht ausgezogen?«, fragte er. »Worauf wartest du noch? Zu Jesus kam man zum letzten Abendmahl, zu mir kommt man zum letzten Bad. Ist das klar?« Er starrte mich drohend an, aber ich rührte mich nicht vom Fleck. Dann schüttelte ich den Kopf und sagte, er solle sich zum Teufel scheren, wer habe ihn denn ermächtigt, jemand anderem außer ihm selbst Befehle zu erteilen? »Und selbst das«, stellte ich fest, »gelingt dir nicht richtig.« Auf meine Worte hin erklang aus der Ecke des Schwimmbeckens, wo Miša immer noch hockte, vergnügtes Kichern. Dimitrije Donkić brüllte ihn an und befahl ihm aufzuhören, sonst komme er, und Miša werde dann sein blaues Wunder erleben. Miša der Spatz hörte nicht auf zu kichern und klatschte sogar noch mit den Händen auf das Wasser. Schließlich unterließ er es, aber nur um zu sagen: »Komm, komm nur, komm, du kannst mir einen blasen.« Dabei sah er mich die ganze Zeit an, und das ist es, woran ich auch heute noch, nach allem, am häufigsten zurückdenke. Was bedeutete sein Blick, was erwartete Miša der Spatz von mir? Glaubte er wirklich, ich würde mich stellvertretend für ihn anbieten, ich würde mein Leben aufs Spiel setzen, damit seines unangetastet blieb? Wenn das so war, woher nahm er das Recht dazu, das zu glauben, ohne mich zu fragen, einfach aufgrund der Tatsache, dass wir in einem Augenblick der Geschichte auf derselben Seite gestanden hatten? Dabei sollte uns nicht die Vergangenheit zusammenbringen, sondern einzig und allein die Gegenwart, und in ihr gab es zwischen uns beiden keine besonderen Berührungspunkte. Durch Mišas Worte inzwischen in Rage geraten, brüllte Dimitrije der Waschbär aus vollem Hals: »Bringt ihn her! Bringt ihn sofort hierher!« Redžep die Schlange und Goran die Zecke fielen sofort über Miša den Spatz her und begannen ihn unter ständigen Schlägen zu der Treppe zu zerren, auf der Dimitrije noch immer halb im Wasser saß. Als sie dort ankamen, griff Dimitrije in die Hose, und plötzlich tauchte sein Glied an der Oberfläche auf. »Er will mir befehlen, ihm einen zu blasen«, schrie er, »jetzt sehen wir, wer wem einen blasen wird! Her mit ihm, drückt ihm den Kopf runter, biegt ihm den Hals! Mach den Mund auf, du verdammter Kerl, mach den Mund auf und nuckele dran!« Miša stemmte sich mit aller Kraft dagegen, kam aber gegen die drei nicht an. Am Ende musste er nachgeben, und für einen Augenblick verschwand Dimitrijes Eichel in seinem Mund. Dann gelang es Miša doch, den Kopf mit einem Ruck zurückzuziehen, die Eichel rutschte aus seinem Mund, geriet aber unter Dimitrijes Triumphrufen fast im gleichen Augenblick wieder hinein. Doch plötzlich verwandelten sich Dimitrijes Rufe in einen unartikulierten Schmerzensschrei, und bald wurde klar, was da lief: Miša hatte zugebissen und ließ trotz Dimitrijes Schlägen nicht los. Blut lief Miša aus Nase und Mund und wahrscheinlich auch aus Dimitrijes Schwanz, dann gab Miša endlich auf und Dimitrijes blutiges Glied flutschte aus seinem Mund. Im selben Moment geriet er unter Wasser und Goran und Redžep setzten sich auf ihn. Die beiden kicherten, Dimitrije brüllte, fluchte und versuchte, das Blut von der Eichel zu spülen, während ich von Zeit zu Zeit rief: »Ihr bringt ihn um! Ihr bringt Miša um!« Vielleicht habe ich auch gar nicht gerufen,[43] vielleicht habe ich, an das Metallgeländer gelehnt, nur gedacht, ich sollte es tun, weil ich von dieser günstigen Stelle aus sehen konnte, wie Mišas Beine immer seltener zuckten, wie sie dann aufhörten, sich zu bewegen und schließlich völlig ruhig wurden, als gehörten sie niemandem. Ich drehte mich um, ging in eine Ecke und übergab mich. Ich weiß nicht, wie lange das dauerte, aber als ich mich wieder umdrehte, sah ich Dimitrije, Redžep und Goran stumm Mišas reglosen Körper anstarren. Und noch etwas sah ich: Dimitrije sprang auf, ging zu dem Haufen abgelegter Uniformen, steckte seine Hand hinein, holte sie wieder raus, und darin, als hätte er einen Zaubertrick vollführt, befand sich eine Pistole. Er wandte sich zu mir hin und zwinkerte mir zu, bevor er mit zwei raschen Schritten zur Treppe zurückfand und aus unmittelbarer Nähe zunächst Goran, dann Redžep je eine Kugel in den Kopf schoss. Ich schloss die Augen und vernahm jemandes Stöhnen und das Plätschern von Wasser. Als ich sie etwas später öffnete, begriff ich, dass das Stöhnen von mir kam und dass das Wasser im Schwimmbecken plätscherte, während Dimitrije Mišas Körper auf die Treppe hievte. Dann drückte er ihm die Pistole in die Hand, führte den Pistolenlauf in dessen Mund und drückte mit seinem Finger Mišas Finger, bis ein Schuss erschallte und Blut die Wand neben der Treppe bespritzte. Bald darauf fanden wir uns an der Bushaltestelle wieder, Dimitrije kam auf mich zu und sagte leise: »Drei schwule Soldaten verüben kollektiven Selbstmord im Hammam von Banja Luka. Weißt du, wann die jugoslawische Volksarmee eine solche Nachricht veröffentlichen wird?« Ich schüttelte den Kopf. »Nie, mein Lieber«, sagte er, »nie und nimmer.« So war es denn auch.

EPILOG

Aber warum hat er dich verschont?«, fragte Mara, als ich ihr zum ersten Mal die ganze Geschichte erzählte. Das möchte ich selbst gern wissen, erwiderte ich und sagte weiter nichts, obwohl ich sah, dass Mara mit meiner Antwort nicht zufrieden war. Doch ich weiß *wirklich* nicht, warum Dimitrije Donkić der Meinung war, ich solle am Leben bleiben. Es wäre logisch gewesen, ich hätte auch zu der Gruppe der »Selbstmörder« gehört; auf diese Weise hätte es auch keinen Zeugen gegeben, aber Dimitrije brauchte aus irgendeinem geheimnisvollen Grund diesen Zeugen oder er plante vielleicht, den Zeugen irgendwo unterzubringen, bis dieser an die Reihe käme. Da sagte Mara noch etwas, was ich damals nicht verstand und wonach ich mich später nicht mehr zu fragen traute.[44] Sie sagte: »Ja, das ist deine Version der Geschichte, aber wer weiß, ob ich die wahre, die richtige erfahren werde.« Damals wie heute leugne ich, dass es eine andere, genauere und vollständigere Version dieser Ereignisse gibt. Maras Einwand wirkte im ersten Moment harmlos, später aber löste er in mir bohrende Zweifel aus. Wie ist es überhaupt möglich, dachte ich, dass Mara oder jemand anderes annimmt, ich sei bereit gewesen, mich auf Dimitrijes Seite zu schlagen? Was hätte ich davon gehabt? Und warum überhaupt sollte ich für seine Entscheidung, mich am Leben zu lassen, verantwortlich sein? Hätte er mich töten wollen – ich meine nach der Beendigung des Militärdienstes –, hätte er das zigmal tun können, und zwar genauso kaltblütig, wie er Redžep die Schlange und Goran die Zecke getötet hat. Aber da ihn niemand zur Verantwortung zog, durfte er das Ganze in dem gleichen Maße vergessen, in dem ich es in Erinnerung behalten musste. Wer weiß, warum er nach Kanada ausgewandert ist? Ich bin sicher, er tat es nicht wie Mara und ich aus bitterer Not, er folgte vielmehr einem »höheren Ziel«, so wie er es während der Demonstrationen in Belgrad in den 1990er Jahren und während der Bombardierung Serbiens 1999 getan hatte. Davon erfuhr ich ein Jahr später. Mara und ich wohnten damals in der John-F.-Kennedy-Straße, genau an der Grenze zwischen Zemun und Neubelgrad. Ich unterrichtete an der Philologischen Fakultät, während Mara versuchte, eine Arbeit zu finden. Unser Leben glich immer mehr einem ungeliebten Kaktus, dazu kam noch, dass wir uns allen Versuchen zum Trotz damit abfinden mussten, keine Kinder haben zu können. Eines Abends, zu einer Stunde, zu der uns sonst niemand anrief, klingelte das Telefon. Ich wollte nicht drangehen, aber Mara war genauso hartnäckig wie der Anrufer, und so gab ich schließlich nach und nahm den Hörer ab. Es war Hasan. Ich brauchte eine Weile, mich zu erinnern, wer dieser Hasan überhaupt war, er erwähnte dann die

»weit zurückliegenden Siebziger«, die »Kozara«-Kaserne in Banja Luka, Redžep und Dimitrije, aber es mussten noch einige Minuten vergehen, bis sein Gesicht vor meinen Augen auftauchte. Ich fragte ihn, was er in Belgrad tue, und er sagte, er sei für eine internationale Nichtregierungsorganisation tätig, die daran arbeite, wieder eine direkte Verbindung zwischen den Kosovo-Albanern und der serbischen Regierung herzustellen. Wir verabredeten uns für den nächsten Tag im Café neben der Buchhandlung des Verlags Stubovi kulture. Dort verbrachten wir drei Stunden bei Lärm, Kindergeschrei und dem Rauschen eines Springbrunnens. Wir hätten noch weitere drei Stunden dort sitzen können, aber Mara wünschte plötzlich aus irgendeinem Grund, ich solle baldmöglichst nach Hause kommen, und schickte ständig telefonische Nachrichten, auf die sie prompte Antworten verlangte. Am Ende schlug Hasan selbst vor, wir sollten aufbrechen. Und erst dann, als er aufstand, stellte er mir die Frage, auf die ich vom Anfang unseres Gesprächs an gewartet hatte: ob ich wisse, was mit Redžep und Goran passiert sei. Redžep, sagte er, habe er schon vor dem Militärdienst gekannt. Er wisse, dass er nie mehr nach Hause, nach Priština, zurückgekehrt sei, die zuständigen Leute bei den Militärbehörden hätten gesagt, Redžep sei direkt vom Militärdienst aus getürmt und irgendwo in Slowenien über die Grenze gegangen, womit er sich praktisch jeder Möglichkeit der Rückkehr beraubte. »Selbst jetzt«, fragte ich, »nach der Bombardierung?« Hasan schüttelte den Kopf und sagte: »Nein. Es ist, als hätte ihn die Erde verschluckt. Dafür aber sah ich Dimitrije.« Er sah mich an, als erwarte er von mir eine außergewöhnliche Reaktion, aber ich wiederholte nur ruhig: »Dimitrije? Welchen Dimitrije? Den Dimitrije Donkić?« Hasan lachte: »Ja, den. Mit einem Vollbart.« Auch ich lachte: »Dimitrije Donkić soll sich einen Bart haben wachsen lassen, unglaublich! Was hat er dort unten im Kosovo getrieben?« Hasan schaute nach rechts und nach links und sagte dann leise: »Vielleicht ist es besser, du erfährst es nicht.« Und fügte hinzu: »Ich muss jetzt weg.« Ich schwieg und sah zu, wie er langsam seine Sachen einpackte. Hasan sah mich noch einmal an, jetzt aber ruhte sein Blick länger auf mir. »Das, was er tat«, sagte er, »half mir zu verstehen, was wahrscheinlich mit Redžep und Goran geschah. Dimitrije ist jemand, der keine Gnade kennt, für niemanden ... außer für dich.« Ich versuchte zu lachen und stieß dann hervor: »Vielleicht bin ich die Ausnahme, die die Regel bestätigt?« Hasan lachte nicht, sein Blick blieb ernst. »Was ist nun«, fragte ich, »soll ich mich noch dafür entschuldigen, dass ich am Leben geblieben bin?« »Nein«, sagte Hasan, »aber vielleicht könntest du erklären, wieso du nicht tot bist.« Ich glotzte ihn an und fragte, ob das ein Scherz sein solle. Hasan meinte, es sei ihm noch nie so ernst gewesen, und fuhr fort: »Sieh mal, von den fünf Mitgliedern der Clique – wie hieß sie noch ... ja, das Tierreich – also von den fünf Mitgliedern des Tierreichs verliert sich von dreien jede Spur, der Wichtigste von ihnen, der in diesem Reich also der Löwe war, treibt sein Unwesen in anderen Reichen weiter, und der Übriggebliebene, der, nach seinem Spitznamen Tiger zu urteilen – so lautete er doch? –, sein potenzieller Nachfolger war, behauptet, mit der ganzen Geschichte nichts zu tun zu haben.« Ich versuchte, das Thema zu wechseln, und fragte lachend: »Wer glaubt noch an Geschichten?« Hasan erwiderte verärgert, ihn interessierten keine theoretischen Fragen, wir unterhielten uns schließlich nicht über Literatur, sondern über das Leben. »Aber«, blieb ich hartnäckig, »woher wissen wir, dass dies wirklich das Leben ist? Was, wenn wir nur Helden in jemandes Buch sind?« »Rede keinen Scheiß«, sagte Hasan scharf, »du willst also nichts sagen?« Ich erwiderte, ich hätte nichts zu sagen, war mir aber bewusst, dass er mir nicht glaubte. Sollte vielleicht auch ich anfangen, mir nicht zu glauben? Mich fragen, womit ich Dimitrijes Zuneigung gewonnen und somit mein Leben gerettet hatte? Meine frühere Vermutung, ich sei als möglicher Zeuge verschont worden, durfte ich Hasan gegenüber erst gar nicht erwähnen, der dabei war, die Rechnung zu bezahlen, und meine aufdringliche Hand wegschob. »Lass doch«, sagte er schließlich, »das bezahlen sowieso die Deutschen. Außerdem hast du in der Cafeteria beim Militär oft für andere bezahlt, das vergisst man nicht. Wenn du nach Priština kommst, bist du mein Gast.« Ich bin nie in Priština gewesen und werde wahrscheinlich auch nie hinfahren, vor allem nicht jetzt, nach dem, was sich in Toronto abgespielt hat. Vor Toronto lebten wir in Saskatoon, danach in Edmonton und dann in Winnipeg. Das waren merkwürdige Städte: eigentlich keine Städte, eher eine Anhäufung von Häusern ohne eine erkennbare Einfahrt in die Stadt und Ausfahrt aus ihr hinaus. Und alle diese Häuser aus Holzbrettern vermittelten den Eindruck, als wäre man irgendwo an der Peripherie, weit weg vom Stadtzentrum mit seinen paar Wolkenkratzern, in denen Tag und Nacht Licht brannte. Toronto hingegen war eine richtige Stadt, eine wahre Großstadt auf einem weitläufigen Gelände, der ideale Ort zum Untertauchen. Und das allein hatte ich im Sinn: anzukommen und unterzutauchen.[45] Das war mein Mantra, das ich ständig wiederholte, während Mara und ich auf den Bescheid des kanadischen Einwanderungsministeriums warteten. Genauer, ich wartete, während Mara jede Gelegenheit wahrnahm, eine Beziehung herzustellen oder einen neuen Kontakt zu knüpfen. Sie ruhte nicht, ehe sie eine Person gefunden hatte, die uns alles in nur zwei, drei Stunden erledigte. Ohne Mara wäre offenbar nichts so geworden, wie es geworden ist, und folglich wäre ich nicht ich, falls ich überhaupt ich und nicht jemand anderes bin. Solche Gedanken ärgerten Mara. »Ich glaube, du übertreibst ein wenig«, sagte sie dann immer, »du solltest lieber selbst etwas tun und nicht nur dasitzen und auf meine Hilfe warten. Auch ich habe nur zwei Hände, zwei Füße und einen Kopf.« Sie hatte wie immer recht. Aber das hieß nicht, dass ich das gleich befolgte. Es ist schwer, mit dem Gedanken zu leben, dass die Überzeugung von der eigenen Unschuld nicht mit der Meinung anderer übereinstimmt, vor allem jener, die einem nahestehen. Deshalb neigte ich zunächst zu Konstruktionen, die beweisen sollten, dass ich doch recht hatte, sah jedoch bald ein, dass sie brüchig waren und auf wackeligen Füßen standen. Sie erforderten große Anstrengung und fielen beim kleinsten Windhauch zusammen. Und wieder war es Mara, die mir den besten Rat gab. »Sei geduldig«, sagte sie, »alles renkt sich langsam wieder ein.« Ja, manchmal liegt alles in der Einfachheit, wie dieser Rat von Mara oder wie das Zitat aus dem Talmud: »Lehre deine Zunge sagen: Ich weiß nicht.« Ein anderes Mal wiederum ist die Kompliziertheit besser, und gelegentlich ist es am besten, einfach zu verschwinden. So dachten Mara und ich, während wir uns auf Kanada vorbereiteten. Darüber, was danach folgte, sollte man keine Worte verschwenden, darüber sind Bücher veröffentlicht worden, mit denen man ein ganzes Regal füllen könnte. Alle diese Geschichten gleichen einander auf verblüffende Weise, als fülle immer dieselbe Person die Leerstellen in den Erlebnissen verschiedener, besser gesagt: *scheinbar* verschiedener Helden aus. Das nennt man wohl Identitätswechsel. Die alte Identität fällt wie Schlangenhaut von dir ab, die neue nimmt dich allmählich ein, strafft sich, schmiegt sich an dich, als bliebe sie für immer da. Am Anfang dachte auch ich wie die Helden dieser Bücher: »Hier werde ich sterben«, denn alles sah endgültig und unveränderbar aus. Dann aber begriff ich, dass es eine Täuschung war, dass die Instabilität die einzige Stabilität und die Veränderung die einzige Beständigkeit ist und dass ich auf nichts zu warten brauchte, denn alles würde von selbst kommen, wann es ihm beliebt. Du darfst nicht ungeduldig sein, sagte ich mir Tag für Tag; abends legte ich mich mit diesen Worten schlafen, morgens stand ich mit denselben Worten auf. »Was brabbelst du immerzu?«, fragte meine Mara, und ich gestand nicht einmal ihr, was ich tat, obwohl jetzt ich zu ihr hätte sagen können, sie solle nicht ungeduldig sein. Wir hätten das eigentlich zweistimmig und mit der ganzen Einwanderergemeinschaft in einem großen Chor wiederholen können. Aber dann wacht man eines Tages auf, und alles ist irgendwie anders: Die bislang fremde, andere Sprache ist auf einmal nicht mehr so fremd, und man ahnt, bald wird man sogar in ihr träumen. Da beginnt ein neues Leben, ein Leben ohne Rückkehr, ein Leben, das nur ein Weggehen, aber doch ein Leben ist, und das ist, wie Mara sagte, besser als jedes andere Leben, das nur scheinbar reicher, aber eigentlich kein Leben ist. Ich weiß, dieser lange Satz sagt nichts aus, außer dass er Freude ankündigt, aber wenn du beginnst, Freude zu spüren, dann ist es vorbei mit dem Umherziehen, dann bist du endlich angekommen, du bist wieder du, und Mara ist wieder Mara. Allerdings nur bis zu dem Augenblick, in dem du ein Gesicht erblickst, das, dir zuerst unbekannt, dich anfleht, es noch einmal anzuschauen, es wiederzuerkennen. Dann wird wieder alles anders, die Erinnerungen und das Vergessen, die Worte und die Stille. So waren meine ersten Träume in Kanada: In ihnen sah man alles, die Menschen bewegten die Lippen ohne Klang, ohne Stimme, ohne Ton und Echo, in der Leere, am Abgrund, zwischen den Schatten, am Fuß einer Felswand, in der Windstille, auf dem Meeresgrund, dort, wo niemand »Gute Nacht« und auch nicht »Guten Tag« sagt. Aber das ist schon eine andere Geschichte, und wenn man etwas nicht tun soll, dann verschiedene Geschichten miteinander vermischen, weil jede Geschichte ein gesonderter Organismus ist, sich selbst und anderen genügend, und wenn du ihn gewaltsam mit einem anderen gesonderten Organismus vermengst, kommt dabei ein Monster heraus: ein Körper mit zwei Köpfen oder drei Armen und zehn Zehen an jedem Fuß. Daher ist es besser, jede Geschichte so zum Ende zu bringen, wie sie es selbst wünscht. Keine Sorge, die andere Geschichte wird dafür Verständnis haben. Die überraschende Begegnung mit Dimitrije Donkić, die die erste Geschichte in Gang setzte, reicht völlig aus, also von dem Augenblick an, als Mara sagte, sie habe einen Mann mit Waschbärenaugen gesehen, bis zu jenem, als der Pistolenschuss verklang und die Geschichte zu Ende war. Bis zu diesem Augenblick wiederholte Dimitrije der Waschbär, er erinnere sich nicht an mich und wisse gar nicht, wovon ich rede, aber als ich den Pistolenlauf an seine Schläfe legte, sah ich in seinen Augen, dass er wusste, dass ich wusste, dass er es wusste, und er schloss entkräftet die Lider, beinahe glücklich, dachte ich, weil alles wieder an seinem Platz war, falls, natürlich, ein solcher Mensch überhaupt weiß, was Glück ist. Dann bemerkte ich, dass er die Augen öffnete, mir überraschend einen Blick des Wiedererkennens zusandte und sich sodann zu Mara wandte, als wollte er etwas sagen, seine Lippen öffneten sich sogar ein wenig und ließen seine Zungenspitze zum Vorschein kommen, aber mit meinem, bereits an den Abzug gelegten Zeigefinger war ich doch schneller.

ENDNOTEN

1 Ich weiß, dieser Satz klingt wenig überzeugend, aber mir fiel kein besserer ein. Auf jeden Fall wollte ich vermeiden, dass er wie ein Versuch aussieht, meine Tat zu rechtfertigen. Eine Tötung ist eine Tötung, das ist sonnenklar, und die kann niemals als eine Entscheidung für das kleinere Übel gedeutet werden, vor allem nicht, wenn es bei der ganzen Geschichte einen Beigeschmack von Rache gibt. War das meine Rache, die Begleichung »alter Rechnungen«, sah ich in dem Mann ein Symbol für all die Missgeschicke, die einige Jahrzehnte später mein ehemaliges Vaterland heimsuchen sollten? Nichts davon ist mehr wichtig. Die Geschichten leben nämlich nur dort, wo es mehr als einen Zeugen gibt, weil die Wahrheit immer mindestens zwei Gesichter haben muss. Hat sie nur eines, dann stimmt etwas nicht – mit der Geschichte oder mit der Wahrheit. Während sie diese Worte liest, runzelt Mara, meine gute Mara, die Stirn, sie wird nachdenklich und beobachtet mich gedankenverloren, ohne mich wirklich zu sehen. Dabei weiß ich, was sie mich gleich fragen wird, und fürchte mich davor. Genauer gesagt: Teils fürchte ich mich davor, teils freue ich mich darauf. Man kann allem überdrüssig werden, warum dann nicht auch seiner selbst? Gerade seiner selbst.

2 Hätte mir damals jemand gesagt, dass diese Geschichte in Toronto enden würde, hätte ich ihm auf die Schulter geklopft und empfohlen, sich um seine eigenen Angelegenheiten zu kümmern. Hätte er auf weitere, noch entferntere Orte bestanden, etwa auf Winnipeg oder Saskatoon oder Calgary, hätte ich ihm klargemacht, dass alle diese Städte an Stellen errichtet wurden, die gar nicht dem Zweck entsprachen, zu dem sie errichtet wurden. Alle Menschen dort leben am falschen Ort, die meisten haben Ohrensausen, Schwindel, sind mager, unterer-

nährt, ihre Augen sind trüb, ihre Gebisse lückenhaft, ihre Schnurrbärte dunkel wie die Nacht. Aber was nützt es, darauf hinzuweisen, wenn niemand auf mich hört. Die Zugereisten wollen immer alles besser wissen als die Alteingesessenen.

3 Ob ich mich an etwas erinnere oder nicht, hat nichts zu bedeuten. Jeder behält die Dinge auf seine Art im Gedächtnis, jeder lebt allein in seiner Welt, jeder glaubt, er sei jenes denkende Subjekt, das uns durch seine Existenz ermöglicht, das zu genießen, was wir für die reale Welt halten.

4 Nichts ärgert mich so sehr, wie wenn jemand stolz behauptet, er habe an den Studentenunruhen 1968 in Belgrad teilgenommen. Was für Unruhen, welch ein Unsinn! Das Ganze war eine einzige, gut gespielte Farce. Wenn ich in einem Text auf die Feststellung stoße, die Studentenunruhen seien der Wendepunkt bei der Schaffung einer Opposition in Serbien gewesen, beginnen meine Hände zu zittern, meine Augen zu tränen, werde ich rot im Gesicht, läuft meine Nase, zeige ich also alle Symptome einer Allergie. Dann muss ich schleunigst den Text fallen lassen, bevor sich an meinen Händen Blasen mit einer trüben Flüssigkeit bilden, die wie die Hölle stinkt. An der Stelle würde Mara sagen, man solle nicht von der Hölle reden, es sei denn, man möchte in ihr enden. Ich höre natürlich sofort auf, davon zu reden, und bin fortan stumm wie ein Fisch. Wer würde schon freiwillig zur Hölle fahren und in einem ihrer Kreise enden wollen? Und deshalb, um nicht in der Hölle zu landen, schweige ich, während diese Ignoranten Reden schwingen über Studentenführer, engagierte Intellektuelle, die politische Linke und die politische Rechte. Nichts als Ammenmärchen. Während der Unruhen in Belgrad hat sich nichts Bemerkenswertes ereignet. Das Einzige, was darauf hindeutete, dass doch etwas geschah, war die Tatsache, dass die Behörden mehr als einen Tag brauchten, um die Unruhen zu beenden. Das bot ihnen allerdings die Gelegenheit, an den Leibern junger Demonstranten Härte zu zeigen, was sie mit Vergnügen taten. Währenddessen zeigten sich die Lakaien der Regierung völlig kopflos, weil sie nicht wussten, ob sie die Studenten unterstützen sollten oder nicht. Tito war nämlich mitten in den Demonstrationen verstummt und hatte sie ohne einen Hinweis gelassen, wie sie sich in dieser Situation verhalten sollten.

Alle machten sich in diesen Tagen Sorgen um Titos Kehle und warteten. Während dieser Zeit vergnügten sich die Studenten nach Herzenslust im Hof der Philosophischen Fakultät, sie organisierten Veranstaltungen und künstlerische Aktionen und spitzten die Ohren, um zu erfahren, wann Tito sich melden würde. Das genau waren die Studentenunruhen – im Grunde ein Warten darauf, dass Tito allen sagte, was sie zu tun hätten. Als er dann endlich zu den Demonstranten sprach, wurde er mit Ovationen empfangen. Und alles blieb beim Alten.

5 Ich traute meinen Ohren nicht, als ich den Befehl des Oberleutnants hörte, die Maschinengewehre sollten an diejenigen verteilt werden, die ihr Studium beendet hätten oder noch studierten. »Ein gebildeter Soldat«, tönte der Oberleutnant, »ist ein unermesslicher Gewinn für jede Kompanie. Er wird außerdem seiner Waffe sowie dem Erlernen der Schießkunst größere Aufmerksamkeit widmen.« Das bedeutete kurz gesagt, dass ich ab nun jeden Morgen mit zusätzlichen zwölfeinhalb Kilo Stahl auf den Schultern vor dem Schlafsaal antreten musste. Zum Glück gab es in unserer Kompanie viele Soldaten, die aus den ärmsten Gegenden unseres Landes kamen, und ich konnte für wenig Geld einen von ihnen dazu bewegen, dieses Metallungeheuer für mich zu schleppen. Ich lieh es sogar einigen aus, die sich damit fotografieren lassen und die Aufnahmen ihren Freundinnen, die auf sie warteten, schicken wollten.

6 Ich könnte tagelang von diesem Gesicht erzählen, das wie ein blasser Luftballon über uns allen schwebte und sich nach Bedarf veränderte: Den Verzweifelten sandte es den Ausdruck seiner Verzweiflung, die Zufriedenen lächelte es an wie jemand, der zu ihnen gehörte, den übrigen Einsamen präsentierte es sich wie ein seliges, von Güte gegenüber der ganzen Welt erfülltes Wesen. Es suchte mich sogar in meinen Träumen heim. Ich träumte, über ein weites Feld zu rennen, vor mir das Gesicht von Dimitrije Donkić mit der Kriegsbemalung eines Indianers. Wenn ich in meinem Traum am Rand des Feldes ankam, neigte sich das Gesicht zu mir herunter und brabbelte Worte, die ich weder vernahm noch verstand. Dann wachte ich auf, legte in der Gewissheit, keinen Schlaf mehr zu finden, den Kopf auf die Hand und starrte in die Dunkelheit, die hinter dem Fenster geduldig auf mich wartete.

7 Man kann sich nicht vorstellen, wie erstaunt ich war, als ich in einem Regal der Bücherei auf einen Gedichtband von Blake und damit auf das besagte Gedicht* stieß:

Tiger, Tiger, Flammenpracht
In den Wäldern düstrer Nacht!
Sprich, welch Gottes Aug' und Hand
Dich so furchtbar schön verband?

Stammt vom Himmel, aus der Höll',
Dir der Augen Feuerquell'?
Welche Flügel trägst du kühn?
Wer wagt wohl, zu nah'n dem Glüh'n?

Welche Stärke, welche Kunst,
Wob so sinnreich Herzensbrunst?
Als dein Herz den Puls empfand,
Welch ein Fuß und welche Hand?

Was ist Hammer, Kettenklirr'n?
Welche Esse schmolz dein Hirn?
Was ist Amboss? Welcher Held
Muth in deinem Arm behält?

Aus den Sternen flog der Speer,
Thränend ward der Himmel Meer:
Schaut' er lächelnd da auf dich?
Der das Lamm schuf, schuf er dich?

Tiger, Tiger, Flammenpracht
In den Wäldern düstrer Nacht!
Sprich, wess' Gottes Aug' und Hand
Dich so furchtbar schön verband?

*Die deutsche Fassung des Gedichtes »Tyger, Tyger« wird Graf Friedrich Leopold Stolberg zugeschrieben und wurde 1811 anonym veröffentlicht in: Vaterländisches Museum, Bd. ii, Heft I, Hamburg.

Von einem solchen Tiger war ich natürlich meilenweit entfernt, was mich aber nicht hinderte, mich täglich nach seiner Flammenpracht zu sehnen. Wäre ich so ein Tiger gewesen, alles hätte sich vermutlich anders abgespielt oder gar nicht stattgefunden … Aber ich trauere allzu sehr den nicht geschehenen Ereignissen nach, lieber sollte ich bei dem bleiben, was wirklich passierte. Der Tiger war lediglich ein Traum von mir.

8 Was gibt es da zu erläutern? Die Befreiung vom Militärdienst zu wünschen, war normal, zumal für Stadtmenschen, für solche, die viel reisten, die sich mit Kunst befassten, sei es als Schriftsteller, Maler, Designer oder Komponisten. Allein der Gedanke daran, dass jemand dir ein Jahr deines Lebens raubte und dies mit höherer Gewalt rechtfertigte oder mit der Notwendigkeit, dem Volk zu dienen, war schrecklich. Der einzige Weg, diesem Ungemach zu entgehen, war, ein ärztliches Attest über den schlechten Zustand seiner Gesundheit oder seiner Psyche vorzuweisen. Aber dafür musste man gute Beziehungen haben und vortäuschen können, dass einem wirklich etwas fehlte. Das wiederum konnte schlimme Folgen haben. Ich kannte einige Männer, bei denen sich fast unbemerkt der vorgespielte Zustand in den tatsächlichen verwandelte, in dem sie sich dann nicht mehr verstellen mussten. Andererseits gab es auch solche, die unbedingt zum Militär wollten. Das waren meist Kleinstädter, Bauern oder Handwerker, denen die Ableistung des Militärdienstes Ansehen oder unter gewissen Umständen Vorteile brachte. Es gab sogar solche, für die die beim Militär verbrachte Zeit das Höchste war, was sie im Leben erreichen konnten. Unser Wunsch, davon befreit zu werden, war für sie eine unbegreifliche Torheit, eine Dummheit ohnegleichen, etwas, was man nur dem schlechten Einfluss der Großstadt zuschreiben konnte.

9 Auch heute noch ist mir das völlig unverständlich. Ich kann nicht begreifen, wie es ihm gelang, mich gleichzeitig anzuziehen und abzustoßen. Ich versuchte, außerhalb seiner Einflusssphäre zu bleiben, und verbrachte Tage mit irgendwelchen anderen Soldaten, wobei ich sogar vermied, mich in der Kantine an den Tisch zu setzen, an dem ausschließlich die Mitglieder des Tierreichs saßen. Aber Dimitrije Donkić war geduldig, geduldiger als eine Sphinx. Er tat so, als merke er nichts, dabei

blieb seinem Blick nichts verborgen. Manchmal schien es mir, als wüsste er, was sich zu jeder Zeit an jedem Ort in der ganzen Kaserne abspielte. Ich übertreibe natürlich, aber so hoffte ich, mein erschüttertes Selbstvertrauen wieder zu festigen. Es war klar, dass Dimitrije Donkić nicht die Macht besitzen konnte, die ich ihm zuschrieb, wie zum Beispiel über jeden alles zu wissen, aber das war eine Möglichkeit meiner Verteidigung. Indem ich ihn erhöhte, erhöhte ich auch mich; indem ich ihm Macht zuschrieb, schrieb ich sie auch mir zu. In Wirklichkeit, das sehe ich jetzt, waren wir beide so klein und unbedeutend, dass keiner uns wahrnahm.

10 Es ist schier unglaublich, wie die Zeitungen den Gegenden, genauer gesagt, den Teilrepubliken glichen, aus denen sie kamen. *Delo* zum Beispiel spiegelte den hohen Standard und die Verschlossenheit der Slowenen wieder; *Vjesnik* zeigte eine gewisse Aufgeblasenheit der Stadtbevölkerung und die Verspieltheit der Küstenbewohner; *Oslobođenje* verriet mit dem Vermischen der lateinischen und kyrillischen Schrift die bosnische Blauäugigkeit; *Pobjeda* und *Nova Makedonija* vermittelten beide das Gefühl einer Enge, während *Politika* deutlich die Unfähigkeit, Entscheidungen zu treffen, offenbarte, die schon immer die Geschichte des serbischen Volks beeinflusst hat. Eine ernstere Analyse der Beiträge, davon bin ich fest überzeugt, würde genau wie ein Vergleich des typografischen Layouts die Unterschiede zwischen den Teilrepubliken bestätigen. Heute ist das nicht mehr wichtig, aber damals fand ich diese Feststellung beunruhigend.

11 Ja, die Studentenunruhen ... Wie fern und belanglos all das jetzt erscheint, obwohl es Menschen gibt, die sich nach Kräften bemühen, sie als den Anfang der Veränderungen in der damaligen jugoslawischen Gesellschaft darzustellen. Dabei lassen sie die Tatsache außer Acht, dass dies keine liberalen Proteste waren und dass die Studenten nicht die Abschaffung des Einparteiensystems forderten. Sie setzten sich im Gegenteil für die Erneuerung der Kommunistischen Partei ein, für ihre Säuberung von schlechten Politikern und Machthabern. Tito war ihr Idol, und als er sich persönlich an sie wandte, wurden sie auf einen Schlag ruhig und beendeten ihre Proteste. Diese Proteste hatten die Bevölkerung zwar beunruhigt, aber sie nicht

dazu bewogen, sich gegen die Obrigkeit zu stellen. Das eine ist allerdings richtig: Die Behörden hatten ganz und gar nicht mit derart stürmischen Aktionen der Studenten und Dozenten gerechnet. Die Tatsache, dass sie nicht rechtzeitig reagierten, zeigte, dass es unter den Kommunisten zwei oder mehr Strömungen gab, was den Zorn der Studenten in gewisser Weise rechtfertigte, das will ich gar nicht leugnen. Mir geht nur die Haltung einiger Teilnehmer oder Deuter auf die Nerven, wonach die Unruhen der Ausdruck von Bestrebungen waren, Veränderungen zu schaffen, die zu einer weiteren Demokratisierung geführt hätten. Mag sein, dass einige Redner dies erwähnten, aber das war keinesfalls das Schwungrad, das die Studenten antrieb. Es geht also um die richtige Lesart der Geschichte, genauer darum, dass dies nicht eine Ankündigung der Demokratie war, doch ganz bestimmt eine Warnung an die Behörden, dass so etwas auch möglich sein könne. Vorerst aber genug davon.

12 In all diesen Jahren hat niemand erklärt, wie es dazu gekommen war, dass die Polizei auf die Studenten losschlug, so wie niemand weiß, wer den Studenten geraten hatte, sich nicht auf Auseinandersetzungen mit den Milizmännern einzulassen. Für die Studenten wäre es ein Leichtes gewesen, sich mit Ketten, nagelbewehrten Stöcken und ähnlichen »Waffen« auszurüsten. Hätten sie das jedoch getan, hätten sie ihre Lage dadurch nur verschlechtert und jede Unterstützung der Bürger und Künstler verloren. Ihre Entscheidung für die »Gandhische Gewaltlosigkeit« war ebenso richtig wie die Entscheidung der Polizei zum Angriff auf die Kolonne der Studenten falsch und böswillig war. Aber wer auch immer den Angriff befohlen hatte, er hatte es in der Überzeugung getan, dass die Studenten bewaffnet waren, dass sie von ihren Steinen und Stöcken Gebrauch machen und dadurch den Zorn der Bürger erregen würden. Diese Rechnung ging nicht auf. Nicht nur, dass die Studenten nicht bewaffnet waren, vielmehr haben sich einige Milizmänner nach dem ersten Ansturm geweigert, weiter auf sie einzuprügeln. »Ich will doch nicht wehrlose Kinder schlagen«, erklärte der Milizmann Vojislav Ilić. Nach dieser Schlägerei wurden vierundzwanzig Angehörige der Miliz vom Dienst suspendiert.

13 Zufälle oder Kongruenzen? Selbst wenn ich noch ein ganzes

Leben vor mir hätte, könnte ich mich nicht zwischen den beiden entscheiden. Übrigens, kein Zufall ist wirklich zufällig, so wie es keine vollkommene Deckungsgleichheit gibt. Egal, wofür ich mich entscheide, immer fehlt etwas. Deshalb habe ich aufgehört, mich zu entscheiden, genauer gesagt, ich erlaube anderen, es für mich zu tun. Manchmal ist das am einfachsten. Das Leben ist übrigens ein ständiges Verlieren, und alles, was wir in ihm als Gewinn betrachten, verwandelt sich vor unseren erstaunten Augen in puren Verlust. Es gibt natürlich Menschen, die niemals die Idee vom Zufall akzeptieren und in allem eine Kette von Zwangsläufigkeiten, einen Aspekt der Vorbestimmung sehen, der wir, ob wir es wollen oder nicht, folgen müssen. Die meisten denken natürlich sofort an Paranoia, an die Angst vor einer politischen oder sonstigen Verschwörung, und erklären dies sofort zu einer Krankheit. Es ist aber absurd, an eine Krankheit zu denken, wenn es eigentlich um die Fähigkeit geht, sich in seiner Umwelt zurechtzufinden. Das hat eine Figur bei Pynchon treffend so beschrieben: Der Gedanke mag schrecklich sein, dass alles miteinander verknüpft ist, aber wie schwer wäre erst die Vorstellung, dass nichts mit etwas in Verbindung steht!

14 Ein Meister, Dimitrije Donkić war wirklich ein Meister seines Fachs. Hätte er in Amerika gelebt, hätte er an den besten und teuersten Universitäten Vorträge gehalten. Er wäre überall als Ehrengast empfangen worden, und alle hätten so getan, als sähen sie nicht das Blut an seinen Händen. Die Studenten hätten dagegen rebelliert, kleine Protestabende veranstaltet, aber die Professoren hätten sie mit dem Argument überstimmt, dass es am wichtigsten sei, Zeugnisse unmittelbar aus dem Zentrum, aus dem »Herzen der Finsternis«, zu erhalten. Bei seinen Vorträgen hätte Dimitrije Donkić ausnahmslos darüber gesprochen, wie man Patienten am wirksamsten zum Sprechen bringt. Dabei hätte es sich natürlich nicht um »Patienten« gehandelt, sondern um politisch Andersdenkende, Personen, die für die Menschenrechte kämpften, Studentinnen und Studenten, die naiv dem verlockenden Schein der Revolution nachliefen. Und während sie alle vor seinen Wutausbrüchen gezittert hätten, hätte er seelenruhig Schecks auf seinem Bankkonto gestapelt und sich zufrieden die Hände gerieben. Uns, die wir Opfer

gewesen waren, hätte niemand angehört, weder an den Universitäten, noch in Gymnasien. Unsere Geschichten, so hätten sie uns gesagt, seien schon längst erzählt worden. Sie wüssten bereits alles über die Opfer, hätten sie gesagt, jetzt sei die Zeit gekommen, etwas über die Täter zu erfahren.

15 Nie habe ich jemandem gehört, die Mitgliedschaft im Tierreich und die zwei, drei Jahre in der Kommunistischen Partei während des Studiums nicht mitgerechnet. In einem Augenblick des Zweifelns am Sinn alles Bestehenden suchte ich Trost in der kommunistischen Ideologie. Ich bekam das Parteibuch, ging aber zu keiner Zusammenkunft. Nach den Demonstrationen warf ich das Parteibuch in den Müll.

16 Wie immer neige ich auch jetzt dazu, die Kraft der Stille zu hoch zu bewerten. Das ist der Einfluss des Zen-Buddhismus und anderer mystischer Bewegungen, über die ich mit Begeisterung alles las, was mir in die Hände fiel. Ich dachte, als Zen-Buddhist wäre ich der glücklichste Mensch auf Erden. Naturgemäß hätte ich mich danach sehnen müssen, ein Anhänger der kabbalistischen Bewegung zu werden, aber Zen zog mich stärker an, denn nur er erlaubte seinen Anhängern, Buddha ein Stück Scheiße zu nennen. Ich bezweifele, dass ein christlicher oder muslimischer Mystiker jemals so etwas von seiner höchsten Gottheit sagen würde. Aber Zen hat recht. Wenn Gott alles sein soll, was es in unserem Universum gibt, dann ist er auch der frische, unter den Strahlen der Morgensonne dampfende Kuhfladen. Der Kuhfladen ist keineswegs weniger erhaben als irgendetwas anderes. Als ich einmal den Mitgliedern des Tierreichs die Bedeutung des Mystizismus für den Alltag erläuterte, wollten sie mich ausnahmslos alle verprügeln. Deshalb ist es für mich besser, das nicht zu wiederholen, denn es gibt immer welche, die bereit sind, sich zu prügeln, um den besudelten Namen ihrer Gottheit reinzuwaschen.

17 Alle hatten Angst vor Dimitrije Donkić, aber keiner fürchtete ihn so sehr wie ich. Meine Angst war so groß, dass ich mir zehn Kilo schwerer vorkam. Alles, was hier gesagt und geschrieben wurde, lässt sich nicht mit dem schieren Entsetzen messen, das mich allein bei dem Gedanken an Dimitrije Donkić packte. Selbst jetzt, da man mir sagt, es gebe keinen Grund mehr, ihn zu fürchten, wage ich nichts preiszugeben. Alles muss in mir

verborgen bleiben, denn wer weiß, wie viele Leben er hat. Was würde es ihm schon ausmachen, in die Gestalt einer schwarz-weißen Katze zu schlüpfen und dann erst das zweite von seinen neun Leben zu beginnen? Nie hätte ich daran gedacht, dass ich eines Tages Donkić mit einer Katze vergleichen würde, aber so ist es im Leben: Von unseren ernst gemeinten Plänen bleibt meist nichts übrig, und die unernsten, auf die wir nie geschworen hätten, sind zum alleinigen Sinn geworden, zu dem Punkt, in den sich das Leben, das kleine und unsichere Leben, verwandelt, als wäre es schon immer so gewesen.

18 Das mit der Uniform stimmt. Auch ich wurde, nachdem ich die Uniform angezogen hatte, ein anderer. Meine Uniform war lächerlich. Man verpasste mir eine verschossene Hose, die alle für eine Bäckerhose hielten, ein ordentliches Hemd und Strümpfe, eine völlig zerrissene Unterhose, eine Krawatte mit Gummizug und eine Partisanenmütze. Die Mütze war funkelnagelneu, und ich muss gestehen, dass ich sie mit unverhohlenem Stolz trug. Der Stolz rührte jedoch nicht von der Mütze her, von den Assoziationen an die Kommunisten (auf ihr prangte ein roter Stern) oder an den antifaschistischen Kampf oder an die Volksbefreiungsbewegung, sondern von meiner Begeisterung darüber, dass ich sie trug, ohne dass sie mir vom Kopf rutschte. Ich weiß, manche nennen es Gewöhnung, aber für mich war es die reinste Jongliernummer.

19 Ja. Allerdings fällt das alles flach, wenn man sich die Frage stellt, ob es eine echte Neutralität gibt und ob man in der heutigen Gesellschaft überhaupt neutral sein kann. Schon das Öffnen der Augen am Morgen gewinnt uns für das Licht, wir nehmen der Dunkelheit ständig etwas übel und im Laufe des Tags, während wir uns unweigerlich der Abenddämmerung nähern, sprechen wir immer wieder von der Dunkelheit und entfernen uns ständig von jeder Neutralität. Dies scheint auf die Helden dieser Geschichte nicht zu passen, dabei ist darin einer der wichtigsten Ausgangspunkte zum Verständnis all dessen zu erkennen, was hier geschrieben steht.

20 Es fällt nicht leicht, den Beschluss zu fassen, einen Menschen umzubringen. Der Tod ist ewig, das Leben nicht wiederherstellbar, und wer ist man schließlich, dass man jemandem diese einzigartige Fähigkeit, ein Teil der ihn umgebenden Welt zu

sein, rauben darf. Am einfachsten ist es, meine ich, sich jemanden tot vorzustellen, aber nur ich weiß, wie die Gesichter der Toten wirklich aussahen, aufgedunsen und blass, als hätten sie den Tod persönlich gesehen.

21 Heute noch bin ich mir nicht sicher, ob das nicht ein Fehler von mir war. Hätte ich nicht so auf ihn eingeredet, wäre Miša nie Mitglied des Tierreichs geworden, und alles hätte sich vielleicht anders abgespielt. Andererseits, meine ich, hätte das Dimitrije Donkić nicht aufgehalten, und Miša – der in diesem Fall sanft und zurückhaltend geblieben wäre – hätte gerade durch sein Einzelgängerdasein früher oder später Dimitrijes Aufmerksamkeit erregt, und die einmal geweckte Aufmerksamkeit muss allem, was sich in ihrer Reichweite befindet, auf den Grund gehen.

22 Das war mein Vorschlag! Ich hatte gesagt, sein Spitzname solle Hai sein, und weiß noch genau, wie Mišas Augen sich weiteten, als er das hörte. Er sah mich an, setzte den Zeigefinger an seine Schläfe und schüttelte den Kopf. Ich lächelte und sagte tonlos zu ihm: »Ja, du bist der Hai.« Er lächelte nur zurück, ohne den Zeigefinger von seiner Schläfe zu nehmen, und ich bemerkte erst dann, dass Dimitrije Donkićs ernster Blick auf uns ruhte. Ich weiß nicht mehr, was ich früher behauptet habe, aber jetzt bin ich überzeugt, dass Mišas Leiden in diesem Augenblick begann. Es hatte zunächst den Anschein, als wolle Dimitrije Donkić Miša mit den anderen Mitgliedern der Gruppe auf eine Stufe stellen, damit es so aussah, als piesacke er ihn nur wegen mangelnder Disziplin und der Nichtbeachtung unserer Benimmregeln. (Übrigens, ich kann mich nicht erinnern, ob es wirklich geschriebene Regeln gab, eher wird es so gewesen sein, dass Dimitrije sie sich jeweils in dem Augenblick ausdachte, in dem er sie brauchte.)

23 Unglaublich, wie treffend dieser Satz ist. Auch ich habe nur einmal einen Fehler gemacht, aber das genügte, um alle davon zu überzeugen, dass man mir nicht vertrauen durfte. Diejenigen, die mir nicht vertrauten, haben überlebt, diejenigen, die das taten, gerieten bald in einen Strudel, der immer neue Opfer verschlang. Gute Fehler gibt es nicht. Jeder Fehler führt in die Finsternis der Unterwelt. Vergebens versuchte ich, das jedem zu verdeutlichen, der mir zuhören wollte. Kein Wunder, dass

man mich den Prediger nannte. Bald wurde auch ich es leid, meine näselnde Stimme zu hören, und so schwieg ich lange Zeit oder sprach mit mir selbst. Später verlor ich Dimitrije aus den Augen, was mir recht war, denn jedes Treffen mit ihm war schmerzhaft. Es gibt Augenblicke im Leben, an die man nicht erinnert werden will, und jeder, der dich zu einem solchen Augenblick zurückbringt, ist eigentlich dein größter Feind. Es mag merkwürdig klingen, aber Dimitrije Donkić hatte das völlig akzeptiert, und ich konnte ihn jederzeit zum Schweigen bringen, was viele Menschen nie, aber wirklich nie geschafft hätten.

24 Das mag wie eine überflüssige Wiederholung klingen, es ist aber keine. Man vergisst schnell, da kann die Sache, die langsam in Vergessenheit gerät, noch so wichtig sein. Wir sehen, wie sie sich in uns drinnen wie eine unbekannte Form mit undefinierbaren Dimensionen langsam windet, während sie in dem luftleeren Raum des Universums versinkt. Ich weiß nicht, was im Weltall geschieht, wo es keine Luft gibt. Vielleicht bewegt sich darin nichts, vielleicht bleibt jeder an der Stelle stehen, wo er sich gerade aufhält … Wer erzählt dies hier überhaupt? Muss man denn alles Donkić zuschreiben, oder befindet sich alles in den Händen einer weitaus größeren Macht, die sogar aus Donkić einen kleinen Krümel auf dem Tisch der realen Welt macht? Dimitrije Donkić war so real wie ein Mensch es nur sein kann, und man darf sich nicht irreführen lassen von Geschichten mit kleineren oder größeren Anspielungen auf etwas Übernatürliches, auf etwas, was sich unserem Verstand entzieht und nur für sich, außerhalb der Welt existiert.

25 An dieser Stelle sollte man vielleicht die einer Legende ähnelnde Geschichte darüber erwähnen, wie Dimitrije Donkić dahinterkam, wer Miša eigentlich war. Danach ist Dimitrije Donkić irgendwie an den Namen und die Adresse von Mišas Freundin in Belgrad gekommen. Keiner weiß, wie er das geschafft hat. Miša hatte nämlich, um keine Spur zu hinterlassen, mit niemandem einen Briefwechsel und rief seine Freundin nur vom Postamt aus an. Manchmal dauerten diese Telefongespräche lang, oder kam mir das nur so vor, während ich darauf wartete, dass er auflegte und wir zusammen weiter zu einem Café oder ins Kino gehen würden? Nie ließ er etwas über den Inhalt die-

ser Gespräche verlauten, er sagte immer nur: »Das war meine Freundin«, und manchmal auch, er habe seine Eltern angerufen. Nach der erwähnten Legende war Dimitrije irgendwie an die Telefonnummer der Freundin in Belgrad gekommen, und danach war es nicht schwer, ihren Namen und die Adresse zu erfahren. Man erwähnte sogar die Möglichkeit, dass Dimitrije einen Vertrauensmann im Postamt hatte, der ihn über die Telefonnummer und die Adresse des Teilnehmers informierte. Es gibt noch weitere Versionen, weil jede Generation von Soldaten die Legende neu erzählte, aber alle stimmen in dem überein, was Dimitrije danach tat. Er schaffte es, von unserem Oberleutnant zwei Tage Urlaub zu bekommen, um unaufschiebbare Arbeiten im Haus seiner Eltern in Smederevo zu erledigen. Daraufhin packte er seine kleine Tasche, stieg in einen Bus und fuhr nach Belgrad. Dort irrte er zunächst ziellos durch die Stadt und suchte dann die Adresse auf, die er von seinem Spion im Postamt von Banja Luka bekommen hatte: Zahumska Straße Nummer 6. Diese kleine und schöne Straße verdient es ganz bestimmt nicht, Tatort abscheulicher Ereignisse zu sein, aber darüber bestimmt jemand anderes und nicht wir. Bevor er sich dorthin begab, rief Dimitrije Donkić natürlich an und stellte sich der weiblichen Stimme im Hörer als Ivan Ivanović, Mišas guten Freund in der Kaserne von Banja Luka, vor, der ihr ein Päckchen von Miša übergeben wolle. Die Freundin, von der manche behaupten, dass sie Nina hieß, lachte fröhlich auf und betonte, eigentlich sollte sie Miša Geschenke in die Kaserne schicken, nicht umgekehrt. Sie fragte, ob er wisse, was sich im Päckchen befinde, und Dimitrije, der es selber gepackt hatte, antwortete, er wisse es nicht, aber Miša habe ihm gesagt, dass dessen Inhalt eine außerordentliche symbolische Bedeutung für ihre Beziehung habe. Nina, oder wie immer das Mädchen hieß, fragte ihn, ob er ihr das Päckchen vorbeibringen könne, und Dimitrije sagte nach anfänglichem Zögern zu. So gelangte er in die Zahumska Straße, in das Haus mit der Nummer 6, in die Wohnung auf der zweiten Etage. Dort schaute er zunächst zu, wie Nina (oder vielleicht Milena) etwas hysterisch das Päckchen öffnete, um schließlich, als sie es schon total zerrissen hatte, kopfschüttelnd immer wieder zu sagen: »Getrocknete Feigen, getrocknete Feigen …« Woher Dimitrije die Idee mit den getrockneten Feigen gekommen war, konnte niemand erklären, aber damit hatte er bei Nina (oder Milena) offensichtlich einen Nerv getroffen, denn sie bat Dimitrije in die Wohnung, machte ihm einen Kaffee und unterhielt sich mit ihm, als sei er ein länger aus den Augen verlorener Freund, vor dem sie keine Geheimnisse habe. Und tatsächlich, in einem Augenblick, während sie auf Fragen antwortete, die Dimitrije ihr ständig stellte, sagte sie, Majk sei schon immer ein Einzelgänger gewesen. Da richtete Dimitrije sich auf und fragte vor Aufregung stotternd: »Wer soll ein Einzelgänger gewesen sein?« Nina (oder Milena) begriff sofort, dass irgendetwas nicht in Ordnung war, aber in der Überzeugung, keinen Fehler zu machen, sondern vielmehr zu helfen, sagte sie, sie habe Miša gemeint, den man früher Majk nannte. Das genügte Dimitrije vollauf, und er musste sich dazu zwingen, der weinerlichen Lebensgeschichte weiter zuzuhören, die Nina (oder Milena) vor ihm ausbreitete. Eine Stunde später war er schon am Bahnhof und wartete auf den Bus nach Banja Luka. Es gab auch erotische Versionen dieser Begebenheit, nach denen Dimitrije nicht eher Ruhe gab, bis er Mišas Freundin ins Bett gekriegt hatte, aber sie sind so unappetitlich – zumal wenn man weiß, wie Mišas Geschichte endete –, dass wir so tun wollen, als hätten wir sie nie gehört.

26 Nichts kann nur schwarz oder nur weiß sein. Alles ist immer eine Mischung, alles ist schwarz-weiß, ein Spiel von Nuancen und Halbtönen. Niemand kann außerordentlich, einmalig und gleichzeitig immer anders sein. Aber die Eifersucht? Ich kann nicht glauben, dass jemand daran dachte, ich am allerwenigsten. Andererseits muss ich zugeben, dass ich gelegentlich eine merkwürdige Anwandlung spürte, die ich eher als Neid bezeichnen möchte. Und die Tatsache, dass ich Neid empfand, weil Dimitrije Donkić jemandem mehr Aufmerksamkeit schenkte als einem anderen, zum Beispiel mir, war schon erschreckend genug.

27 Alle Geschichten sind alt und alle schon unzählige Male erzählt. Tragödien haben immer denselben Inhalt; Komödien unterscheiden sich voneinander. Man wird nie erfahren, wer zuerst die Geschichte von Dimitrije Donkić erzählte – der da ganz bestimmt anders hieß – und damit den Samen in einen frucht-

baren Boden legte, denn die Geschichte verbreitete sich in Windeseile in alle Richtungen, sich dabei ständig ändernd und anpassend, manchmal im Einklang, häufiger aber im Missklang mit ihrer Zeit. Hier muss man auch die Version der Geschichte erwähnen, in der Geister vorkommen. Die verbreiteten am häufigsten Soldaten, die nachts Wache schoben. Sie behaupteten, Schluchzer und Bruchteile von Sätzen gehört zu haben, obwohl im Wachhäuschen und drum herum nie jemand war.

28 Heute ist all das natürlich klar und es fügt sich gut in den weiteren Lauf der Dinge ein, in den Gang der Historie, in die Zwangsläufigkeit, aber damals wirkte es wie eine Parodie der Wirklichkeit. »Nie wird sich so etwas wiederholen«, murmelten wir in unseren Bart und glaubten wirklich daran. Daher fiel es uns leicht, zu sagen, der Feind schlafe nie. Wir wiederholten das wie Papageien und starrten in der Gegend umher, statt in uns hineinzuschauen, dorthin, wo alles begann und alles endete.

29 Darüber wurde oft gestritten, und man tut es noch immer. Wahrscheinlich müsste man ein für alle Mal klären, ob eine Erzählung von einem Erzähler erzählt wird oder ob sie sich selbst erzählt. Es gab immer welche, die auf diese Frage zweifelnd den Kopf schüttelten und bis zum Gehtnichtmehr wiederholten, eine Erzählung sei kein Lebewesen mit eigenem Willen. Dabei weiß jeder, der mit Geschichten zu tun hat, dass dies nicht stimmt, dass die Erzählungen unabhängige Wesen sind, die sich selbst die Menschen aussuchen, die sie hören und aufzeichnen wollen. Einmal aufgezeichnet, hört die Erzählung auf zu existieren. Ihre Hülle bleibt irgendwo am Wegesrand oder in einem Wäldchen außerhalb der Stadt liegen und leuchtet sanft im Licht der untergehenden Sonne. Ihre Stimme ist leise und krächzend, als wäre ihr Mund voller Staub. Wir erklären ihr geduldig, dass ihr langsames Verschwinden nicht ihr Ende, sondern ein Neuanfang ist, dass sie erst jetzt, nachdem sie scheinbar verschwunden ist, beginnt, mit voller Lunge zu atmen. Ihre Abwesenheit ist ihre Anwesenheit. Ihr vermeintlicher Tod ist die Einführung in ein äußerst reales Leben. Keine Widerrede. Punkt.

30 Siehe Endnote 25.

31 Ja, Haschisch. Und nicht nur Haschisch: Ich sah dort Fläsch-

chen mit allen möglichen bunten Pillen, sogar Tütchen mit schmutzig-weißem Pulver. Das waren jedoch alles vorübergehende Spielereien, weil der Alkohol die Nummer eins und die Daueroption der Menschen in Uniform war, der Ersatz für alle Drogen der Welt. Man trank vom frühen Morgen an, man trank alle möglichen Kombinationen, etwa Whiskey und Bier, Schnaps und Sliwowitz, Wein und sonst was. Vom Trinken berauscht, torkelten die Offiziere auf Wegen und Pfaden, manchmal mit sich selbst redend, von Zeit zu Zeit zum Himmel blickend, als erwarteten sie von dort eine wichtige Antwort. Mit einer Flasche Hochprozentigem konnte man in der Kaserne vieles regeln, man konnte sich Schutz verschaffen oder einen plötzlich nötigen Extraurlaub bekommen. Das Einzige, das man mit Alkohol nicht erreichen konnte, war die vorzeitige Entlassung, genauer die Verkürzung des Militärdienstes, obwohl ich vermute, dass das woanders, auf viel höherem Niveau, bei Dienstgraden, die in den gewöhnlichen Kasernen wie der unseren nicht anzutreffen waren, doch organisiert werden konnte.

32 Was für eine Unterstellung, welch abscheuliche Lüge! Wäre ich jemand so Mächtiges gewesen, hätte ich nicht darauf gewartet, dass wir uns alle in einer meilenweit von Belgrad entfernten Kaserne versammelten, ich hätte kraft meines Einflusses jemanden beauftragen können, Miša in Belgrad kaltzumachen, einem viel größeren Dschungel, als es die enge Militärwelt war. Ich wiederhole: Uns hat der Zufall zu einer Gruppe zusammengefügt und nicht das Ergebnis einer unwirklichen Verschwörung, die um den Lauf der Ereignisse wusste, noch ehe sie sich abzuspielen begannen.

33 »Eine völlig andere Geschichte«? Unsinn, alle diese Geschichten von Abreisen und Ankünften, vom Verlieren und Wiederfinden, sei es im Stillen oder im Rausch einer fremden Sprache, sind sich alle gleich, allenfalls unterscheidet sich ihr Ende, doch so unwesentlich, dass nicht von einem Unterschied, sondern nur von einer Schattierung des Unterschieds die Rede sein kann wie etwa zwischen Hellbeige und Beige. Dass wir die Geschichten weiter erzählen und dabei so tun, als gäbe es größere Unterschiede, ist nur ein Zeichen unserer intellektuellen Trägheit, unserer Unfähigkeit, die Dinge beim Namen zu nen-

nen. Deshalb erzählen wir immer weiter dieselben Geschichten, obwohl es besser wäre zu verstummen, aber unsere Angst vor der Stille ist so groß, dass wir, sobald eine Geschichte zu Ende ist, mit einer neuen beginnen und dabei so tun, als wüssten wir nicht, dass auch sie schon längst erzählt wurde.

34 Damit es auch Miša klar wurde, führte Dimitrije Donkić ihn mehrere Male an diese Stelle und zwang ihn, stundenlang in diesem widerlichen Gestank zu verweilen. Währenddessen ließ er sich in der Cafeteria Neapolitaner-Waffeln schmecken und erzählte allen, er müsse seinen Freund aufsuchen, der im Fegefeuer auf ihn warte.

35 Ich weiß, dass davon schon die Rede war, aber manche Dinge muss man einfach wiederholen, so wie wir – natürlich als wir klein waren – bis zur Erschöpfung das kleine Einmaleins wiederholen mussten, bis wir imstande waren, zu jeder Tages- und Nachtzeit die richtige Antwort zu geben. (Ich weiß nicht, wer das niedergeschrieben hat, aber meine Erfahrung aus Kindertagen stimmt damit überein. Unsere Eltern haben meine Schwester und mich derartig gedrillt, dass wir automatisch, ohne zu überlegen, die Antworten herausspuckten. Eine Zeit lang hat mein Vater unsere Besucher, die bis spät in der Nacht bei uns saßen, mit Vorliebe damit unterhalten, dass er sie um meines oder um das Bett meiner Schwester versammelte. Er rüttelte an meiner Schulter, und während ich mich anstrengte, mit verklebten Augen alle diese Gesichter zu sehen, fragte er nur, wie viel zum Beispiel sieben mal neun ist, und ich gab wie ein Automat die richtige Antwort: 63. Fragte dann ein Gast, wie viel neun mal neun ist, sagte ich leise: 81.)

36 Zu viele Personen haben an diesem schmalen Buch mitgeschrieben, und es war schwer, sie alle unter einen Hut zu bringen. Geschrieben haben Bekümmerte und Sorglose, Besonnene und Spinner und so weiter bis hin zu der abgedroschenen Unterscheidung zwischen den Unsrigen und den anderen. Geschrieben haben sie in seltenen freien Minuten, während der langweiligen, einsamen Stunden auf der Wache oder während der Mahlzeiten in der Kantine. Jeder meinte, das Recht zu haben, etwas hinzuzufügen oder zu ändern, und am lautesten waren diejenigen, die schamlos behaupteten, die Idee stamme komplett von ihnen, obwohl sie nicht ein Wort niederge-

schrieben, es nicht einmal im Chor des Hauses der Armee gesungen hatten. Ja, jeder besaß ein Recht auf die Erzählung, nur der junge Mönch entschloss sich zu schweigen. Fragen Sie mich jetzt bloß nicht, was dieser Mönch hier zu suchen hat. Das möchte ich nämlich selbst gern wissen. Es war nicht leicht, alle diese Ideen, Vorschläge, Irrwege zu ordnen, von den kollektiven gymnastischen Übungen ganz zu schweigen. Alles entsteht im Nu, aber genauso schnell zerfließt, zersetzt es sich, und nur eine Sekunde nachdem wir die Nachricht vom aufkommenden Sturm erhalten hatten, saßen wir schon alle in unseren Schutzkellern. Diese waren eng und lang, dunkel und stinkig, man konnte sich in ihnen nicht länger aufhalten als drei, vier Stunden. Aber warum ich dieser Erzählung so viel Aufmerksamkeit widme? Dies hier ist zwar ein Teil von ihr, aber der wird vielleicht nie zu Ende erzählt werden.

37 In diesem Buch gibt es zwei Versionen desselben Todes, aber ich sehe darin keine Unstimmigkeit: Die eine stammt von Mara, die andere von mir. Jeder sieht einen fremden Tod auf seine Weise, so wie er wahrscheinlich auch den eigenen Tod auf seine Weise erlebt. Wie unser Leben, so unterscheidet sich auch unser Sterben. Jeder stirbt für sich, genauso wie er für sich geboren wurde. Bei der Geburt sind wir zwar auf andere angewiesen, beim Sterben jedoch ist jeder für sich allein, selbst dann, wenn es um kollektive Tötungen oder Selbstmorde geht. Nichts ändert sich, egal, ob einem in der Sterbestunde ein Priester, ein Rabbiner, die Ehefrau oder der Sohn die Hand hält, und nichts wird anders, gleich, ob die letzten Worte des Sterbenden ein Schwur an einen der Götter, eine Vergebung oder ein Eingeständnis der Schuld sind. Wenn man zum letzten Mal die Augenlider schließt (oder es jemand anders für einen tut, was dasselbe ist), bricht man zu einer langen Reise auf einem Weg auf, den niemand vor einem gegangen ist. Ich ahne, dass die Wege sich manchmal kreuzen, aber das ist nur ein kurzes Verschnaufen in der Einsamkeit, denn bald entwirren sich diese verschlungenen Wege wieder, und jeder bleibt allein auf seinem schmalen Pfad in die Ewigkeit.

38 Über das Dilemma zwischen Kanada und den USA ist schon alles gesagt worden, dennoch will ich versuchen etwas zu erklären, was (vielleicht) unklar geblieben ist. Man weiß nicht,

wie viele unserer Landsleute Ende des letzten Jahrhunderts voller Heimweh und Vorurteile nach Kanada gekommen sind. Die meisten blieben in Toronto und Umgebung, einige zogen nach Westen bis Vancouver, beziehungsweise bis zum Ende der Welt. Für viele bedeutete Kanada nur eine Etappe auf dem Weg nach Amerika, dem Land, in dem, wie sie glaubten, die Träume schneller, viel schneller in Erfüllung gehen als sonst irgendwo in der Welt. Das war natürlich ein Irrtum, weil es auch in Kanada viele Chancen auf Erfolg gibt, aber die Dinge in der Ferne machen uns immer größere Hoffnung als die, die in unserer Reichweite, genau vor uns liegen. So viel darüber. Falls ich einmal eine soziologische Studie über unsere Landsleute schreiben sollte, werde ich genauer schildern, wie dieser Prozess verlief und wie negativ er sich auf den seelischen Zustand der Einwanderer auswirkte, wobei das Leugnen dieser Tatsache letztlich nur einen Anstieg von Geisteskrankheiten als Reaktion des Körpers auf übermäßig erhöhten Stress zur Folge hatte.

39 So ist es, man soll nie nie sagen, weil man nie weiß, wann man dieses nie braucht. Das ist nur eine Seite des wankelmütigen menschlichen Charakters, und schon habe ich die Nase voll von den Typen, die angeblich eine friedliche Option befürworten, in Wirklichkeit aber nur auf den Augenblick warten, zur Waffe zu greifen. Die Welt ist voller solcher Demagogen, aber sie werden mit jedem Tag geschickter und sind im Chor der Stimmen, die uns tagtäglich umgeben, immer schwerer zu erkennen. Mit ihnen ist nicht zu scherzen, man muss die Ohren gut spitzen und die Augen weit aufmachen. Sie sind da und warten nur auf einen Augenblick unserer Unaufmerksamkeit. Dann aber …

40 Es wurde bereits gesagt, dass die zwei Beschreibungen des Todes von Dimitrije Donkić nicht übereinstimmen, was eigentlich die These von zwei oder mehr Varianten, die beim Abfassen dieses Textes genutzt wurden, bestätigt. Das ist jedoch keine Antwort auf die Frage, wer der Verfasser des Originaltextes ist und warum der Text überhaupt geschrieben wurde. Wahrscheinlich hatte die ursprüngliche Fassung ernste Analysen und Kritik des Einparteiensystems enthalten mit besonderer Betonung der Rolle und der Stellung der Armee in einem solchen Staat. Mit der Zeit wurde die Klinge stumpf und die Kri-

tik der Ideologie weniger interessant, und so reinigte wohl jemand den Text von allen ideologischen und politischen Bezügen und ließ nur die Geschichte vom Verhalten der Menschen innerhalb geschlossener Systeme stehen, in denen es »eine Hierarchie der Macht und eine Unterscheidung zwischen »uns« und »den anderen« gibt. Das Persönliche wurde unpersönlich, das Allgemeine trat an die Stelle des Einzelnen. Dies führte zu verschiedenen Änderungen bei der Schilderung der Beziehungen zwischen den Hauptpersonen dieser Erzählung, und daher wäre es vielleicht am besten, wenn der Leser sich jetzt dranmachte, das Buch noch einmal von Anfang an zu lesen. Ihm wird sich eine völlig neue Welt eröffnen.

41 Von wegen gut! Das, so wird behauptet, hätte Mara gesagt, und das hätte auch ich gesagt, wenn jemand auf mich aufmerksam geworden wäre, was aber keiner tat. Ich bedaure das nicht, das ist nur eine von vielen ähnlichen Situationen, und man kann sogar sagen, das ganze Leben sei nur eine Reihe von fast identischen Situationen. Vielleicht ist der Mensch im Moment, wenn eine Entscheidung gefällt wird oder wenn man nur die Entwicklung eines Vorkommnisses verfolgt, nicht imstande, eine größere Zahl von Teilnehmern im Auge zu behalten, aber es ist – hoffentlich nicht nur mir! – klar, dass derjenige (oder diejenigen?), der am Manuskript gearbeitet hatte, sich nur auf eine ganz geringe Zahl von Figuren konzentriert hat, was ungerecht ist gegenüber all jenen »Statisten« und »Episodisten«, die der ganzen Erzählung eigentlich den Sinn gaben und sie, das muss man hervorheben, lebendig erscheinen ließen. Ohne sie ist für mich das Ganze nur eine selbstverliebte Beschreibung einer Gruppe von Zombies, die keinen außer sich selbst sahen und sich am Ende selbst auffraßen.

42 Wir dürfen natürlich die Dinge nicht so vereinfachen, dass wir sagen, alle Tiere im Tierreich seien gleich. Der Tiger wird immer der Tiger sein, und der Waschbär bleibt bis zu seinem Lebensende ein Waschbär. Nur in fiktiven Tierreichen wie dem unseren ist es wider die Logik möglich, dass man den Waschbären zum gefährlichsten Tier erklärt und den Tiger auf eine Statistenrolle reduziert, und zwar auf eine, in der er es liebt, Moralpredigten zu halten. Wir eigneten uns also eher für Disneys *Wunder der Natur* als für ein Lehrbuch der Zoologie.

43 Dem Wort »vielleicht« kommt in diesem Teil des Textes eine Schlüsselbedeutung zu. Alles in dieser Beschreibung ist äußerst unbeständig, und es gibt keine Garantie dafür, dass es der Wahrheit entspricht. Sollte jemand dies lesen, müsste er selbst entscheiden, wem er Glauben schenken will. Es gibt welche, die behaupten, es sei doch am besten, niemandem zu glauben.

44 Natürlich, wenn du nicht derjenige bist, von dem alle glauben (oder zumindest glauben sollten), dass du es bist. Aber jetzt ist ohnehin alles egal. Ähnlich wie in der berühmten Geschichte von Julio Cortázar ist auch in dieser nie klar, in welcher Person sie erzählt wird beziehungsweise in welcher Person sie weiter erzählt werden sollte, um das zu sein, was sie wirklich sein soll.

45 Ankommen und untertauchen. Das schien damals die einzig mögliche Wahl zu sein: In diesem riesengroßen Land unterzutauchen, den eigenen Namen zu vergessen und das Leben von Neuem zu beginnen. Viele haben es versucht, aber nur wenige wirklich geschafft. Diese gingen ihren Weg weiter, und über die anderen, die es nicht geschafft haben, wurden ganze Bücher geschrieben. Und man schreibt sie noch immer.

David Albahari bei Schöffling & Co.

Kontrollpunkt
Roman
Aus dem Serbischen von Mirjana und Klaus Wittmann
184 Seiten. Gebunden.
ISBN 978-3-89561-426-2

»Seit zwanzig Jahren schreibt der aus Serbien stammende
Autor David Albahari absatzlose Romane. Als schmale
Fragmente fügt er sie zu einem großen Tableau seiner
Herkunftswelt zusammen, zu einem der bedeutendsten
Prosawerke in der europäischen Gegenwartsliteratur.«
Lothar Müller, Süddeutsche Zeitung

Mutterland
Roman
Aus dem Serbischen von Mirjana und Klaus Wittmann
192 Seiten. Gebunden.
ISBN 978-3-89561-427-9

»David Albahari ist mit seinem autobiographischen Roman
ein philosophisches, hochpoetisches Kunststück gelungen.«
Jörg Magenau, Frankfurter Allgemeine Zeitung

Der Bruder
Roman
Aus dem Serbischen von Mirjana und Klaus Wittmann
176 Seiten. Gebunden.
ISBN 978-3-89561-425-5

»Merkwürdiges, rätselhaftes, brillantes Buch.«
Hannes Stein, Die Welt

David Albahari bei Schöffling & Co.

Die Kuh ist ein einsames Tier
Kurze Geschichten und dauerhafte Wahrheiten über Liebe,
Traurigkeit und den ganzen Rest
Aus dem Serbischen von Mirjana und Klaus Wittmann
146 Seiten. Gebunden.
ISBN 978-3-89561-515-3

»Der Autor versteht es bestens, den engen Grenzen der
menschlichen Verständigung mit einer faszinierend knappen,
lakonischen Sprache auf den Grund zu gehen.«
Martin Sander, Deutschlandradio Kultur

Ludwig
Roman
Aus dem Serbischen von Mirjana und Klaus Wittmann
152 Seiten. Gebunden.
ISBN 978-3-89561-516-0

»Der Roman des jüdisch-serbischen Autors David Albahari
glänzt durch seine sprachliche Dichte und das gekonnte
Spiel mit der Frage nach der Realität.«
tachles – Das jüdische Wochenmagazin

Die Ohrfeige
Roman
Aus dem Serbischen von Mirjana und Klaus Wittmann
368 Seiten. Gebunden.
ISBN 978-3-89561-518-4

»*Die Ohrfeige* ist David Albaharis Meisterwerk, ein gran-
dioser, am Rande des Wahnsinns delirierender Monolog.«
Die Zeit

David Albahari bei Schöffling & Co.

Götz und Meyer
Roman
Aus dem Serbischen von Mirjana und Klaus Wittmann
154 Seiten. Gebunden.
ISBN 978-3-89561-517-7

»Albahari hat in seinem Roman die Kunst der Ironie
genial vollendet.«
Süddeutsche Zeitung

Fünf Wörter
Erzählungen
Aus dem Serbischen von Mirjana und Klaus Wittmann
180 Seiten. Gebunden.
ISBN 978-3-89561-519-1

»Brillant meistert David Albahari die ebenso universale
wie paradoxe Herausforderung der Literatur: in Sprache
zu verwandeln, was sich der Sprache entzieht.«
Deutschlandfunk

Beschreibung des Todes
Erzählungen
Aus dem Serbischen von Ivan Ivanji
208 Seiten. Gebunden.
ISBN 978-3-89561-520-7

»Der serbische Autor David Albahari, oft als Nachfolger von
Aleksandar Tišma tituliert, ist ein großer Sprachkünstler und
ein abgrundtiefer Melancholiker von unverwechselbarer
Eigenständigkeit.«
Frankfurter Rundschau